KB237274

성반

박사월 장편소설

성반

스튜디오 본 프리

지금, 그리고 여기

　캐논? 벌써 캐논을 배우나? 준이 방에서 피아노소리가 들려왔다. 한동안 피아노 뚜껑만 열면 뮤직박스라도 튼 것처럼 〈Where do I begin〉만 치더니 이제 곡이 바뀐 모양이다. 더듬더듬 치기는 하지만 분명 캐논 변주곡이었다. 거울을 보며 매무새를 가다듬던 수연은 가방을 들고 아이 방으로 향했다. 넓지도 않은 집이지만, 그래도 방 두 칸짜리 집으로 온 뒤 아이에게도 방 하나를 내주고 나니 자신의 방도 좀 더 단정하게 정리가 되어 집안이 깔끔한 게 기분이 상쾌했다. 이사 온 지 일주일이 지났다. 멀리서 온 것도 아니고 새 집을 장만한 것도 아니지만 일은 한참이나 어수선했다. 아이는 자기 방 정리가 끝나자 피아노부터 뚱땅거렸다. 수연이네 집의 유일한 사치품이자 아빠가 남겨 준 유물이었다. 문이 반쯤 열려 있어 피아노 치는 아이의 뒷모습을 볼 수 있었다. 동그랗게 자른 머리 위로 창문으로 비추는 햇빛이 그대로 내려오며 아이 머리를 금발로

5

물들이고 있었다. 벌써 캐논을 배우냐고 물어보려던 수연은 집중하는 아이의 모습을 보자 말을 꺼내기는커녕 옷자락 스치는 소리라도 날까 걱정스러워 조용히 서 있었다. 로빈 스필버그의 캐논 변주곡을 귀에 달고 살던 시절이 있었다. 하늘이 파랗게 질리다 그대로 부서져 버릴 것 같은 날이나 차창으로 빗방울이 구슬처럼 또르르 흘러내리는 날, 한없이 가라앉아 다시는 떠오를 수 없을 것 같은 순간들, 그런 때 맑게 튀어 오르는 캐논의 첫 마디는 언제나 수연을 위로해 주었다. 지금 준이가 치는 피아노소리는 로빈 스필버그나 조지 윈스턴의 그것처럼 투명하게 튕기지는 않지만, 떠듬떠듬 처음 글 배우는 듯 읽어나가면서 부드러운 햇빛과 어우러져 사랑스런 분위기를 자아내고 있었다. 그리고 그것은 수연에게 그 어떤 것보다 큰 위로가 되었다. 아이는 몇 번을 반복하다 지겨워졌는지 다른 곡을 치기 시작했다. 이때다 싶어 수연은 나지막이 속삭였다.

"준아, 성당 가야지."

아니나 다를까, 아이는 깜짝 놀라 뒤를 돌아보았다.

"엄마, 언제부터 서 있었어?"

"방금."

"근데 왜 아무 소리도 안 나? 엄마, 귀신이야?"

아이는 무척 겁이 많았다. 어두운 데, 구석진 데는 질색을 했고, 수연이 소리 없이 왔다 갔다 하는 것도 매우 싫어했다.

"엄마가 왜 귀신이야? 천사라면 몰라도."

“엄마, 정말 천사야?”

아이는 정색을 하고 물었다.

“그럼. 우리 준이 지켜 주는 천사지.”

아이에게 점퍼를 입혔다. 아이는 점퍼를 입으면서 뭔가 말하고 싶다는 듯 눈빛을 반짝거렸다. 생각 한 모금을 입 안에 물고서 엄마를 지그시 바라보는 것은 서로에게 익숙한 준이의 습관이다. 수연은 일부러 모른 척해 준다.

“엄마, 저 피아노 위에 있는 상자 안에 뭐 들었어?”

아이의 묻는 얼굴에서 이미 상자를 열어보았다는 것을 느낄 수 있었다.

“성반.”

“성반? 성반이 뭐야?”

“너도 봤잖아. 신부님이 미사 드릴 때 성체를 높이 들지? 그 성체를 모시는 그릇. 성스러운 접시라는 뜻이야.”

“근데 왜 성반을 상자 안에 넣어놓았어?”

“아빠가 너한테 남겨 준 선물이야. 나중에 너 크면 쓰라고.”

“그럼, 내 거야?”

“응. 하지만 자꾸 열어보거나 꺼내지 말고 잘 둬. 뒀다가 크면, 커서 필요할 때, 그때 써.”

“그럼 나 신부님 돼야 해?”

수연은 그 말에는 대답하지 않았다. 대답이 없자 준이는 다른 식으로 물어보았다.

"다른 사람도 성반 써? 집에서 사용해도 되는 거야?"

"아니, 신부님만. 미사 집전하실 때 쓰시는 거야."

아이는 더 이상 묻지 않았다. 경칩이 지난 지도 꽤 된 것 같은데 날은 아직 쌀쌀하니 추웠다. 따습게 햇볕이 나다가도 어느새 온통 흐린 하늘로 뒤덮여 눈발이 날리기 일쑤였다. 목도리를 두르게 하고 장갑을 끼워 주자 아이는 갑갑해하며 짜증을 냈다.

"엄마, 더운데……."

"나가면 추워. 얼른 가자."

환하게 비추던 해가 바로 머리 위에서 빠른 속도로 구름에 가려지는 게 느껴졌다. 목도리를 두르고 오길 잘했다고 생각하며 아이의 손을 잡고 서둘렀다. 비교적 가까운 성당은 벌써 붉은 벽돌로 지은 벽 한쪽과 지붕을 드러내기 시작했다.

"오늘 누구랑 복사해?"

"글쎄, 모르겠는데?"

"복사 간식은 뭘까? 지난번에 와플 줬는데 짱 맛있었다."

"그랬어?"

"응. 오늘도 나오면 엄마도 남겨 줄게."

"그래. 맛있겠다."

아이는 성당 안으로 들어서자 먼저 가겠다며 뛰어갔다. 제대를 준비하려면 일찍 가야 한다. 뛰어가는 아이의 모습 뒤로 인하의 모습이 겹쳐졌다. 인하가 훨씬 키가 컸으나 둘은 마치 한 몸처럼 겹쳐 성당 안으로 사라졌다. 하늘은 완전히 잿빛으로 변해 방금 전까지 해가 비추고 있었으리라고는 아무도 상상할 수 없을 것 같다. 성당 마당에는 나무에서 드리워진 짙은 고동색 가지들이 마른 채로 얽혀 바람을 막아 주고 있다. 약간의 부드러운 온기를 느끼며 수연은 계단을 올라 본당 안으로 들어섰다.

훤칠한 키, 섬세하고 흰 얼굴이 스쳐 지나갔다. 검은 수단은 흰 얼굴을 더욱 돋보이게 하고 있었고 단정한 몸을 가리면서 더욱 반듯하게 날 선 모습을 선명히 드러내고 있었다. 수연은 두근거리는 가슴을 가라앉히느라 애써 얼굴을 돌려 다른 곳을 보는 척 눈길을 딴 데로 두었다. 행여 친구들에게라도 마음을 들킬까 두려웠다. 공연히 안 그런 척 애쓸수록 오히려 티를 내는 꼴이 될 수도 있기에 무관심한 척하자니, 마음은 빠져나갈 출구를 찾지 못한 채 달아오른 공기처럼 곧 터져 버릴 것 같았다. 아무도 눈치 채지 못하게 꽁꽁 닫을수록 열병은 수연의 마음을 짓눌러, 좀 있으면 영혼이 붉게 달구어져 사랑의 화신이 되어 버릴지도 모를 일이다. 짐짓 첨탑 끝에 놓인 십자가를 보는 척 눈길을 휘두르다가 한 번 더 그 검고 단정한 뒷모습을 바라보고는 재빨리 돌아섰다.

마당에는 너무 오래되어 조금만 비바람이 세게 불어도 잔가

지가 툭툭 꺾이는 느티나무가 서 있었다. 나무 옆 쇠붙이 팻말
에는 '천주교구 관리 보호수'라고 쓰여 있다. 흰 눈을 떨어뜨리
어내지도 않은 채 우람하게 서 있는 이 나무는 수연이 성당에
서 성모상 다음으로 애착을 느끼는 존재였다. 아주머니들이
모여 쑥덕거리는 말로는 나무에 귀신이 붙어 있어서 성당을
처음 지을 때 신부님을 비롯하여 신도들과 꽤나 힘겨루기를
했다고 한다. 하지만 성당을 처음 지을 때는 어땠는지는 몰라
도, 본당 문을 활짝 열어놓은 채 기도를 드리다가 부드럽게 불
어오는 바람을 느끼거나 시원한 나무 냄새가 코끝을 스칠 때
문득 고개를 돌려보면 점잖고 우직하게 서 있는 나무가 그렇
게 고마울 수 없었다. 나무는 별로 크지 않은 성당을 한층 더
아늑하게 만들어 주고 있었으며, 그 우아하고도 풍성한 가지
를 뻗어 거의 성당 마당 전체에 그늘을 드리우고 있었다. 수연
은 나무에 기대고 싶었다. 사람들이 없었다면 수연은 틀림없
이 나무에 기대어 살며시 볼을 대고 인사를 나누었을 것이다.
하지만 미사가 막 끝난 참이어서 사람들이 너무 많았다. 사실
수연이 나무를 끌어안든 말든 신경 쓸 사람은 없었지만, 눈썰
미가 조금이라도 있는 누군가가 제대로 보기만 한다면 수연의
행동거지를 이상하게 생각할 수도 있기에 그저 오른손을 들어
나무를 한 번 어루만지는 것으로 인사를 대신했다.

'안녕.'

300살도 넘었다는 말 없는 편한 친구. 처음엔 존댓말이라도

써야 하지 않을까 싶었지만, 수연은 300년이라는 시간을 벗어나, 그리고 나무와 인간이라는 다른 존재라는 틀을 벗어나 그저 서로 동등한 생명체로서 마주하고 싶었다.

이 친구에게만큼은 자신이 신부님을 사랑하고 있다는 것을 말할 수 있을 것 같다. 신부님은 사제관으로 들어가셨을 것이다. 수녀님도 제의실을 정리하시고 곧 수녀원으로 들어가실 것이다. 아! 제의실! 오늘은 수연이 제의실을 정리하는 날 아니었나. 수연은 새카맣게 잊어버리고 있던 제의실 봉사를 떠올렸다. 신부님 보는 데 정신이 팔려서 봉사 약속을 잊어버리다니……. 수연은 재빨리 계단을 되짚어 올라 제의실로 달려갔다. 노크를 할 생각도 못하고 제의실 문을 활짝 열어젖히자 오도카니 서서 제구를 닦고 있는 수녀님과 눈이 마주쳤다. 작고 검은 새. 온통 검은 빛으로 서 있는 수녀님은 단아하고 날렵한 신부님과는 달리 초라해 보였고 안쓰러웠다. 아마도 수연과 나이가 비슷하거나 많다 해도 단지 몇 살 위일 것인 젊은 여자가 죽은 남편을 영원히 기리듯 검은 옷칠을 한 채 살아간다는 것은 왠지…… 성스럽게 느껴진다기보다 비참하게 느껴졌다.

"수녀님, 죄송해요. 제가 깜박해서……."

"가다가 다시 오셨어요?"

"예."

수녀님의 얼굴에 미소가 번지면서 환하게 빛났다. 아! 이 수도자의 아름다움이라니. 맑게 빛나는 크리스털. 막 내려앉은 눈꽃. 수연은 어린 시절, 금이나 은, 보석 등이 산속에 묻혀 있다는 얘기를 처음 듣고 적잖이 놀랐던 때를 회상했다. 그렇게 아름답고 소중한 것들이 원래 흙더미 속에 묻혀 있는 거라니. 핏방울만큼이나 붉은 루비. 짙푸른 사파이어. 숲보다도 더 초록으로 빛나는 에메랄드가 흙과 어우러져 있는 것들이라니. 그때의 놀라움은 경이보다는 충격에 가까운 것이었다. 지금 수녀님과 마주하면서 수연은 흙 속에서 자신을 잃지 않으려는 수정을 떠올렸다. 투명해서 저 뒤편이 보이는, 혹은 반사되어 마주한 나의 모습이 비치는 저 빛의 돌. 수연은 수녀님에 대한 묘한 상상을 숨기려고 겉으로 호들갑을 떨며 수녀님의 손을 잡았다. 차가움. 차디차게 언 손이 수연이 할 일을 대신하고 있었다는 것을 말해 주었다. 수연은 주머니에 넣어진 채 아무 일도 않고 있었을 뿐 아니라 숨은 연정까지 구석구석 뻗쳐 더운 피가 끓어오르는 손으로 수녀님의 손을 잡았다. 손가락 사이사이는 더욱 차가워, 빠지직 하고 얼음 어는 소리를 내며 순식간에 수연의 손을 타고 올라 심장까지 얼게 할 수 있을 것 같았다. 수연은 손을 꼭 잡았다. 미안한 마음을 이렇게라도 전달할 수 있기를 바랐다.

"이제 제가 할게요."

방학이 되자 엄마를 도와 제구 닦는 일을 자청하고 나선 게 엊그제 같은데, 이 일 저 일 핑계만 대고 제대로 한 적은 몇 번

되지도 않은 채 방학이 끝날 판이었다.

수연은 면장갑을 끼고 금빛으로 번쩍거리는 제구를 닦기 시작했다. 형광등에 반사되는 성반은 느닷없이 휘영청 떠오르는 보름달처럼 눈부시게 빛났다. 제구를 바득바득 닦아내노라면 묘하게 기분이 좋았다. 머릿속도 닦이는 것 같다. 원래부터 반짝이고 있었지만, 면 수건으로 뽀득뽀득 문지르면 성반에는 오묘한 광휘가 감돌며 금빛이 어른어른 서렸다. 성작은 성반보다 닦기가 수월치가 않다. 잔 속은 포도주로 인해 도금이 반쯤 벗겨져 납빛이 드러나 있었다. 하지만 납빛이든 금빛이든 닦는 것이 임무였다. 그리고 납빛도 정성스레 문지르면 은처럼 맑은 쇠 빛깔을 내기도 했다. 손가락 지문 자국까지 남김없이 닦고 나면 성스럽다는 것이 사실은 천상의 것이라기보다 인간의 성실한 노동에서 나온 것이 아닐까 하는 의구심이 든다. 라파엘 신부님의 성작을 손에 들었다. 젊은 신부답게 금도금 일색이 아닌 은빛의 성작이었다. 성작의 표면에는 성부와 성자, 성령이 돋을새김으로 새겨져 있었다. 성부와 성자의 얼굴은 똑같아 보이지만, 성부는 잔 윗부분에 자리 잡고 있고 성자는 술잔 손잡이 받침 부분 가까운 곳에서 성부를 바라보고 있다. 수연은 성자의 얼굴을 닦았다. 회색빛이 감도는 은빛 성작은 금도금한 것처럼 휘황찬란하게 닦이는 맛은 없었지만 열심히 문지르고 나면 말갛게 떠오르는 성자의 얼굴이 더욱 순결해 보였다. 나뭇잎과 어우러진 비둘기의 형상. 비둘기의 날개를 닦고 맨 아랫부분에 새겨진 네모반듯한 십자가를 닦았다. 빳빳한 성작 수건을 덮고 그 위에 성반을 올려놓기 위해 집어 들었다. 우연히 형광불빛을 정통으로 반사한 성반은 순간 빛을 휘두르며 해처럼 이글거렸다. 어쩌면 위대함이라든가 아름다움이란 저 빛의 장난에 불과한 것은 아닐까? 어떤 사물이 아름답다는 것은 보이지 않는 그 사물의 힘과 빛의 유희가 적당히 어우러진 순간을 의미하는 것일지도 모른다. 사물의 힘. 성작과 성반의 아름다움은 신부님이 그것을 들고 예수의 육화를 지속적으로 반복해 온 행위에서 비롯한 것일 뿐 아니라, 엄마와 수녀님을 비롯한 무수한 손들이 거룩하다고 떠받들며 지극정성으로 문질러댄 노동의 누적에서 나온 것일 것이다. 그리고 찰나에 더해지는 빛의 신비.

수연은 성반을 엎으려다 말고 문득 뒷면을 닦지 않았다는 생각이 들었다. 늘 허술한 뒷처리 때문에 거의 평생을 엄마에게 잔소리를 들어 온 터였다. 제의실에서 봉사하겠다고 나섰을 때는 방학 겸 새해를 맞아서 뭔가 변화를 이루고 싶다는 욕망이 강렬하게 끓고 있었던 때였다. 단점을 극복하고 싶은 욕망. 소소한 오류로부터 자유로워지고 싶은 욕구. 사소한 잘못은 어찌나 타이밍을 잘 맞추는지 중요한 순간에 꼭 모습을 드러냈다. 그 지저분한 것들은 늘 해오던 대로 어떤 때이든 상관않고 자신들이 수연의 일부임을 주장하고 나섰다. 뒷면을 막 돌린 순간 성반 중앙에 자리 잡은 십자가보다 먼저 눈에 들어

온 것은 지저분한 얼룩 자국이었다. 십자가 문양도 그렇고, 성반 가장자리도 은도금이 벗겨져 있었던 것이다. 순간 화들짝 놀란 동시에 수연은 모욕을 당한 느낌이 들었다. 이게 뭐람. 광휘로 빛나는 앞면과 도금 벗겨진 자국으로 흉하게 얼룩진 뒷면이라니. 면 수건으로 아무리 닦아도 해결될 일이 아니었다. 오히려 닦을수록 멀쩡한 부분은 빛이 돌기 시작하고 벗겨진 부분은 칙칙한 부분이 더 두드러져 보이면서 눈에 띄게 얼룩져 보일 뿐이었다. 성반을 성작 수건 위에 올려놓고 그 위에 풀을 먹여 빳빳해진 성체포를 얹었다. 그 위에 천국의 열쇠처럼 보이려고 만든 듯한 감실의 열쇠를 올려놓았다. 하지만 열쇠에 달린 자주색과 초록색 장식 술 때문에 감실 열쇠는 천국의 열쇠라기보다 새색시가 장만해 온 장롱 열쇠 같아 보였다. 장에 성구를 챙겨놓고 나자 초를 깎던 수녀님이 돌아섰다.

"할 만하세요?"

"예. 힘든 것도 아닌데요, 뭐."

"나중에 제의 놓는 법 가르쳐 드릴게요."

"정말요? 제가 그런 걸 해도 돼요?"

"그럼요. 아줌마보다 아가씨가 하면 더 좋지요."

수연은 까르륵 웃었다. 녹차 어린잎을 수확할 때 보통 사람이 딴 것보다 처녀들이, 특히 입으로 딴 것이 몇 배 비싸다는 말이 떠오르면서, 괜스레 자부심이 느껴지면서 묘한 흥분에 달아올랐다.

"저 그럼 내일 또 올게요. 내일 가르쳐 주세요."

"그러세요."

호들갑스럽게 인사를 나누고 제의실을 나오는데 검은 것이 휙 지나갔다. 동시에 수연의 숨도 멎을 뻔했다. 주임신부님이셨다. 지난 12월에 칠순 잔치를 치르셨다. 이번 성당이 마지막 부임지라는 얘기가 떠돌고 있었다. 할아버지 신부님. 발걸음이 어찌나 빠르신지 허연 백발이 눈발처럼 날리며 사라져갔다.

성당 마당의 나무는 흩날리는 눈을 맞으며 서 있었다. 마당 안에는 이제 아무도 없다. 수연은 나무에게 다가가 손을 얹었다. 처음엔 차가운 듯하지만, 나무는 본질적으로 따뜻한 생물이다. 와인 코르크처럼 보이는 표피들이 떨어져나갈 듯 가까스로 매달려 있고, 마른 채 넓적한 껍질들이 우툴두툴한 표면을 쩍쩍 갈라내며 떨어질 채비를 하고 있다. 그것들은 모두 가만히 손을 얹고 있으면 따뜻한 온기를 전해주었다. 앙상한 가지만 남아 그물처럼 얼기설기 얽힌 나뭇가지들은 안으로 향하는 생명의 힘 때문에 한줌에 바스라질 것 같았다. 하지만 겨울을 버티는 나무는 반쯤 눈 뜬 수도승처럼, 몽환 속을 헤매는 건지 반대로 칼날같이 깨어 있는 건지 알 수 없는 모습으로 서 있다. 아마도 그는 가지 끝 먼지 한 톨을 털어내도 알고 있을 것이다. 다만 쓸데없는 번잡을 삼가고 생명을 지키는 데에 집중할 뿐이다. 손을 대고 있던 수연은 얼굴을 옆으로 댔다. 나무 귀에 속말을 하듯 볼을 댄 채 최대한 조용히 속삭였다.

“나, 신부님이 좋아요. 신부님도 나를 좋아했으면 좋겠어요.”

나무에게 말하기에 얼마나 좋은 비밀인지. 나무 말고는 아무에게도 말할 수 없는 비밀 중의 비밀. 엄마에게도 말할 수 없다. 나무는 못들은 척 서 있었다. 그러나 수연의 손에는 분명 더 부드러운 온기가 느껴졌다.

수연은 저금통을 털었다. 모은다고 모은 건데도 천 원짜리 몇 장과 동전만 가득 든 저금통에는 전부 8만 3천 원이 들어 있었다. 오래도록 자리 잡고 있던 탓인지, 저금통을 빼낸 책꽂이는 썰렁하니 허전했다. 수연이 가진 비상금의 전부였다.

“이게 어디야. 없는 것보단 낫잖아.”

말이 좋아 대학생이지 고등학생일 때보다 돈 쓰기가 더 빡빡했다. 등록금 내고 책 사고 하다 보면 정말이지 엄마한테 돈 달라는 말이 목구멍 속에서 비집고 나올 듯이 허우적거렸다.

“엄마, 성반 얼마나 해?”

바로 수연의 방문 앞에 앉아 콩나물을 다듬던 엄마가 고개를 들었다. 엄마는 아직도 손으로 일일이 콩나물 꼬리를 따내고 안 좋은 콩나물을 골라내고는 했다.

“뭐가 얼마나 해?”

“성반 말이야. 가격이 얼마냐고.”

“낸들 아니……. 성작이랑 성반이랑 같이 해서 50만 원인가 줬다는 것 같던데.”

순간 수연은 의자에서 미끄러져 떨어질 뻔했다. 50만 원? 헉. 15만 원이어도 사기가 난감할 텐데.

"아니, 성작 말고 성반만 말이야!"

"내가 어떻게 알아? 너 왜 엄마한테 신경질이야?"

수연은 터무니없는 가격에 놀란 데다 불가능이라는 슬픔 때문에 엄마에게 신경질을 내고 말았다. 내가 직접 알아봐야지. 아줌마들은 만날 떠도는 얘기를 진짜로 착각하고 더 보태서 얘깃거리를 만들어내는 게 일이니까. 모여서 차라리 소설이라도 쓰실 일이지. 주로 남 험담 95프로에 자기 칭찬을 5프로 섞는 게 주요 플롯이다. 누군가가 또 성반·성작 세트를 마련하고 자랑 삼아 가격을 부풀렸을지도 모를 일이다. 아줌마들은 빤히 알 수 있는 것도 그저 쑥덕거림으로써 비밀인 척, 자기 잘난 척하는 게 일이니까.

직접 가격을 알아봐야겠다고 마음먹었지만 난감하기는 마찬가지였다. 인터넷 상에도 잘 나와 있지 않았고, 어디로 가봐야 할지 모르긴 마찬가지이다. 수연은 결국 성반을 어디에서 사야 하는지 엄마에게 다시 물어봐야 했다.

한겨울의 명동은 온통 축제 분위기였다. 언제나 파티가 열리는 곳. 크리스마스가 지난 지 한참이었지만 트리 장식은 여전히 상점마다 놓여 있었다. 예쁘게 포장된 선물. 체크무늬의 리본 매듭. 눈까지 흩날리는 탓인지 1월 중순이라는 시기가 무색했다. 상점의 크리스마스트리와 흐린 하늘 밑에 점점이 켜진 전구의 불빛 장식은 분명 시간을 뒤로 돌려놓고 있었다. 명동 거리는 지금 12월 23일이다. 굳이 달력을 들이대며 지금은 1월 26일이라고 우겨대 봤자 부질없는 일이었다. 명동의 시간은 엄연히 12월 크리스마스 전 어느 순간을 지나고 있었다.

"꽹～ 그렁～～ 꽹～～ 꽹～." 12시인가. 명동성당의 종소리가 우람하게 울려 퍼졌다. 그렇게 큰 종소리는 집 근처 성당에서는 들을 수 없다. 서울 한복판에서 명동성당은 여봐란듯이 종을 울려댔다. 종소리는 늠름하고 위엄이 있어, 누구라도 잠시 멈춰 서서, 종교적인 묵상이 아니더라도 하다못해 지금이 12시라는 사실에 대해서만이라도 명상을 해야 할 것 같았다. 종소리는 검은색에 가까운 고동색으로 울려 퍼져 나갔다. 검소하고 정직한 색깔을 띤 소리. 수도자들의 옷자락과 같은 고동빛 소리가 명동을 닦아내고 있었다. 약간은 거북스러운 위압감이 느껴지는 것도 사실이었지만, 종소리는 분명 마구 날뛰며 사람들 사이를 떠돌아다니던 그 무언가를 압제하고 있었다. 명동이 번화가이면서도 흥청망청 유흥가가 되지 못하는 것은 어쩌면 저 종소리 때문인지도 모른다.

언덕배기를 올라 가톨릭회관과 명동성당 입구로 올라가는 계단이 만나는 곳에 이르렀다. 눈을 들어 성당을 바라보았다. 겨울날 눈발을 맞고 선 명동성당은 종소리보다 훨씬 웅장한 모습으로 우뚝 서 있었다. 스산한 슬픔이 마음을 쓸어내렸다. 나는 뭘 하고 있는 걸까. 이 나이면 좀 더 많은 일을 했어야 하지 않을까. 서른셋에 인류를 위해 죽은 예수. 스물 셋. 10년 후면 나도 인류를 위해 죽을 수 있을까. 열두어 살 무렵에는 스무 살만 넘으면 저절로 훌륭한 어른이 되는 줄 알았다. 어른은커녕 이도 저도 아닌 긴 사춘기를 맴도는 이십대. 이 명동 거리처럼 이십대의 시간은 자꾸 뒤로, 늘 뒤로, 파티를 기다리며 흥분과 자극을 갈망하는 그 시간에서만 맴돌려고 한다. 한 치도 앞으로 나아가지 않는다. 십대 때 꿈꾸던 백마 탄 왕자가 겉으로만 부정당한 채, 회전목마를 타고 뱅글뱅글 맴돌고 있을 뿐이다. 나만 그렇다고? 아니. 백마 탄 왕자를 마다할 이십대 여자는 없다. 혹시 있다면 그 자신이 잔다르크가 되기를 꿈꾸느라 바쁘기 때문일 것이다. 잔다르크가 결국 화형을 당해야 한다는 것을 깨닫고 난 후, 그녀는 서둘러 왕자 흉내를 내는 누군가를 찾아 헤맬지도 모른다. 그러나 어쩌면 보다 더 간절히 그를 바라는 건 오십대 여자일 것이다. 더 절실히, 마지막 불꽃처럼 그 환영을 간직하고 있을 것이다. 자신의 아들이 왕자가 되어 모든 고난으로부터 자신을 건져 올려 주길 바라며. 수연의 엄마도 후자에 속했다. 수연이보다 더 바라고 기다리고 있다. 수연과 좀 다른 것은, 엄마는 오빠가 왕이 되리라는 것을 단 한순간도 의심하지 않는다는 거였다. 수연은 왕자를 기다리면서도 정말 자신의 왕자를 찾을 수 있을지에 대해서는 자신이 없었다. 그저 멀리서 바라봐야만 하는 건 아닐까. 신부님처럼. 이십대든 오십대든 누구에게도 백마 탄 왕자는 쉽게 다가오지 않는다. 왜 우리 곁에는 왕자는 없고 가난한 이 웃들만 있을까.

수연은 잠시 갈등했다. 성당 옆에 있는 성물방으로 갈까, 아니면 가톨릭회관 밑에 있는 성물방으로 갈까. 고민 끝에 가톨릭회관이 가까이 있으니 그리로 발길을 돌렸다. 수연이 뭔가 둘을 놓고 고민할 때 이용되는 마지막 잣대는 '가까움'이었다. 마지막으로 선택해야 하는 순간, 물리적인 가까움은 수연에게 후한 점수를 받았다. 얼마나 좋은 일인가, 가깝다는 것은. 덜 수고롭고, 시간도 아낄 수 있고……. 가톨릭회관으로 향하는 오른편에는 암굴 속에서 하얗게 빛나는 성모상이 있다. 공교롭게도 그 맞은편에는 온통 검은 옷으로 온몸을 두른 여자가 있었다. 함부로 할 소리는 아니었지만, 수연이 보기에도 여자는 뭔가에 씐 것 같았다. 검은 옷을 몇 겹으로 겹쳐 입었고, 머리에는 두건까지 걸쳤으나 봉두난발이 그대로 드러나 있었다.

"꺼억, 꺽, 꺽, 꺽꺼…… 이런 X년. 이 XX 같은 년. XXXX………."

입 속에서라도 되뇌기 어려울 욕설들을 쉴 새 없이 내지른다. 그녀의 의도는 마주한 성모상을 모독하려는 것 같았으나, 욕설은 허공으로 흩어졌고 성모상은 그저 무심히 서 있었다. 그녀의 검은 옷에서도 마력이 풍겨 나오는 것 같았다. 성모상은 요지부동인 채 서 있었지만, 그 앞을 지나가려는 수연의 발길은 떨려 왔다. 행여 눈이라도 마주칠까 두려워 눈을 내리깔고 서둘러 그 앞을 지나갔지만, 조금이라도 빈틈이 보이면 낚아채고 말겠다는 듯 뒤틀린 채 다가오는, 보이지 않는 손톱이 집요하게 수연의 뒷머리 부근에서 휘적거리고 있는 것을 느꼈다. 보이지 않는 것들. 그러나 분명히 존재하는 것들. 회관에 들어서고 문이 닫히면서 더 이상 손톱은 느껴지지 않았다. 과민반응을 하는 걸까. 현실과 성경 속의 이야기를 너무 구분하지 못하는 것은 아닐까. 어쩌면 나는 단지 방금 전의 그녀와 반대 방향으로 미쳐 가는 것은 아닐는지.

성물방에 들어서자 조금 전의 어둠은 그야말로 싹 씻기듯 사라졌다. 벽면에 걸린 성화와 조각상, 판매대를 가득 메우고 있는 준성사와 묵주들은 아직 축성된 것이 아님에도 불구하고 긍정적인 에너지를 발하고 있었다. 꽃밭에 온 듯한 환희. 저 유명한 레오나르도 다빈치의 〈성모자상〉. 그보다 더 유명한 미켈란젤로의 〈피에타〉. 렘브란트의 〈성모〉. 엘 그레코의 〈겟세마네 동산에 있는 예수 그리스도〉. 예수의 탄생을 그린 그림들 중 단연 압권인 무리요의 〈목자들의 경배〉. 현대 작가들의 보다 단출한 예수 상. 청동과 나무, 대리석과 모조 상아로 만든 온갖 종류의 성상들. 글자 그대로 천국이 재현되고 있었다. 인간의 손길이란 얼마나 대단한지! 그 작은 손으로 가늠할 수도 없는 '천국'을 그려낼 수 있는 것이다. 수연은 성모가 아기 예수를 안고 있는 어떤 그림에 시선을 두었다. 성모자는 한쪽 벽 전부를 차지한 백여 점이 넘는 그림들의 공통된 주제였다. 그러나 그 그림에서는 아기 예수에게 주려는 듯 마리아가 보랏빛 꽃 한 송이를 막 내밀고 있었다. 내가 저 꽃만이라도 될 수 있다면. 언감생심 인류를 위해 죽기를 바라지는 못해도 저 꽃 한 송이라도 될 수 있다면. 그림을 보며 수연은 자신의 모습을 그 속에서 찾고 있었다. 성물방을 둘러본 수연은 보석처럼 반짝이는 묵주 등을 이것저것 살펴보고 싶은 마음을 꾹 누르고—조금만 더 보다가는 분명 몇 가지를 살 것이다—점원에게 성반은 어디 있느냐고 물었다.

"성반이요? 저기 카운터 바로 뒤편에 있어요."

수연은 고개를 들어 선반에 장식된 성작과 성반을 바라보았다. 점원은 싹싹하게 성작과 성반을 내려주며 덧붙였다.

"왜관 베네딕토회에서 제작한 겁니다. 우리나라에서 최고로 좋은 거지요."

수연이 보기에도 평범해 보이지 않았다. 얼핏 보면 제의실에서 본 것과 다를 바 없었으나 분명 두께에서 차이가 났고 좀 더 고아한 빛을 띠고 있었다. 아마도 수천 번은 더 두들겼을 법한 성작의 탄생 과정이 스쳐 지나갔다. 손잡이 대 부분은 잘 다듬어진 단단하고 검은 나무로 장식되어 있었다.

"이게 얼마예요?"

"170만 원이에요. 진열 상품은 싫으시고 새걸로 갖고 싶으시면 주문도 받아 드려요.”

뭐라 말을 하고 싶었으나 말은 목구멍까지 올라오기 훨씬 전, 심장 근처에서 굳어지더니 산산이 가루로 부서져 떨어져 버렸다.

“아……, 예.”

판에 박은 빤한 변명도 못하고 돌아섰다. 170만 원. 성작 두 개면 한 학기 등록금이다. 허탈감에 전의를 상실한 전사처럼 수연은 그대로 가톨릭회관을 걸어 나왔다. 보이지 않는 뒤틀린 손톱을 가진 여자는 보이지 않았다. 설령 있다 해도 아까처럼 무섭지는 않을 것이다. 이제 무서운 건 그 여자가 아니라 돈이었다. 돈. 세상에서 제일 무서운 돈. 귀신보다 더 무서운 돈. 발걸음은 저절로 성모상 앞으로 향했다. 무너지듯이 나무 제단 앞에 무릎을 꿇었다.

“성모님…… 제 말 들리세요? 저예요. 저 수연이예요. 성모님, 제 말 좀 들어주세요. 성모님, 신부님께 성반을 사 드리고 싶어요. 그토록 훌륭하신 신부님이 그렇게 흉하게 도금이 벗겨진 성반을 사용하다니요. 있을 수 없는 일이잖아요. 예수님께도 죄송하고요. 성스러운 성체를 허름한 성반에 모시는 건 모독이에요. 그런데 저, 돈이 없어요. 제겐 8만 원밖에 없는데 성작 세트는…… 성모님도 들으셨지요? 170만 원이래요. 성모님, 제가 성반을 살 수 있도록 도와주세요. 예수님의 성체를 좀 더 깨끗하고 순수한 곳에 모실 수 있도록, 성모님, 도와주세요.”

　흔들거리는 촛불 위로 성모님의 모습이 어른거렸다. 붉은 불
꽃 위에서 희게 빛나는 성모님은 아무 말씀도 없으셨다. 수연
은 초라도 한 대 켜고 기도를 하면 좀 더 잘 들어 주실지도 모
른다는 생각이 들었다. 지갑을 뒤적거렸다. 좀 큰 초는 2천 원
이고 작은 초는 1천 원이다. 엄마가 헌금이나 봉헌금을 챙길
때마다 예수님과 성모님은 정말 이상하다고 생각했다. 우리를
정말 불쌍하다고 여긴다면, 우리가 무엇을 얼마나 필요로 하
는지 아신다면 원하는 것을 미리미리 주시면 안 되는 건지. 왜
몇 푼 되지도 않는 헌금을 받아야 들어 주는 척을 하시는 건지
알 수 없는 일이라고 생각했다. 그런데 지금 무릎을 꿇고 기도
를 올리는 수연은, 신께서 받아 주시기만 한다면 내장이라도
빼내고 싶을 지경이었다. 도대체 아무 쓸데도 없는 이 무기력
한 몸뚱어리는 뭐 하러 태어나 밥만 축내고 살고 있을까. 저
초처럼 다 태워 없애 버리고 깨끗한 성반 하나를 장만하는 것
이 훨씬 가치 있는 일이 아닌가. 내가 죽는다고 해도 엄마 말
고는 그다지 슬퍼할 사람도 없을 것이다. 신이 허락하신다면
수연 자신과 성반 하나를 맞바꾸고 싶었다. 지갑에서 천 원짜
리 한 장을 꺼냈다. 초 봉헌함에 지폐를 넣으려 했으나 손이
얼어 있었고, 반으로 접혀 있던 지폐는 입구에 제대로 들어가
질 못했다. 순간, 돌풍이 분 것도 아닌데 바람이 일렁이나 싶
더니 지폐가 휙 날아올라 저만치 앞에 가서 떨어졌다. 눈은 제

법 쌓여 가고 있다. 쌓인 눈 위에 떨어진 지폐는 더 파리하게 도드라져 보였다. 수연은 또 날아갈까 걱정이 되었으나 뛰지는 않았다. 뛸 기력이 없었다. 돈은 언제나 날아다니는 것처럼 느껴진다. 수연이, 엄마가, 오빠가 부여잡으려고 아무리 애를 써도 돈은 좀처럼 손에 들어와 주지 않았고, 들어왔다 싶으면 바로 지금처럼 날아가 버려 엄마를, 오빠를 힘들게 했다.

언젠가 오빠가 저녁을 사 주겠다면서 식구들을 데리고 집에서 좀 먼 고깃집에 갔었다. 그날 먹은 밥값이 10만 원이 넘었는데, 며칠 뒤에야 오빠가 아르바이트비로 시간당 4천 원을 받는다는 걸 알았다. 그날 밥값은 오빠가 스물네 시간, 꼬박 하루를 잠도 안 자고 일한다 해도 벌 수 없는 돈이었다. 다시 그 며칠 뒤에 오빠가 티셔츠라도 새로 사 입으라며 5만 원을 건네주었다. 수연은 받지 않았다. 나 옷 많아. 받아. 됐어. 나도 돈 있어. 싫다. 아직 학생인 오빠가 대접 받아가며 돈 벌었을 리도 없고. 너그러운 척 아빠 노릇을 하려는 오빠를, 성깔을 있는 대로 부리며 째려보고는 방에서 내쫓았었다.

천 원짜리 지폐는 바람을 받아 파르르 떨었지만 날아가지는 않았다. 파르스름한 지폐 위에 눈 몇 송이가 앉아 빛나고 있었다. 지폐를 주우며 손끝으로 눈을 느꼈다. 천 원. 파랗게 언 채 눈에 묻힌 초의 전생. 비참한 기분으로 지폐를 주우려고 허리를 굽혔다 펴는 순간, 유리벽 안쪽에 진열된 성반이 수연의 눈에 들어왔다. 비닐에 포장되어 진열대에 비뚜름히 기댄 채 주인을 기다리는 성반 위에는 '80000원'이라고 사인펜으로 써 붙인 가격표가 붙어 있었다. 눈이 번쩍 뜨였다. 눈을 잠시라도 떼면 가격표가 변해 버릴까봐 수연은 눈을 깜빡이지도 않고 그대로 다가갔다. 80만 원을 잘못 읽고 있나? 한 발짝, 한 발짝. 0은 네 개다, 분명히. 진열대를 뚫어져라 바라보던 수연은 그것이 8만 원임을 거듭거듭 확인했다. 하염없이 가라앉다 못해 꺼져 가던 열망의 에너지는 감전이라도 된 듯 불꽃을 튀기며 재생하기 시작했다. 심장에서 확 튀어 오르는 불길 사이로 신부님의 얼굴이 떠오르고, 높이 들린 성체가, 무한한 가능성과 사랑이 일렁거렸다.

"딸랑, 딸랑~."

조심스럽게 문을 밀고 들어선 수연은 세 분의 수녀님과 동시에 눈이 마주쳤다.

"어서 오세요."

노래라도 부르는 듯, 푸른 두건을 걸치고 앞치마를 두른 수녀님이 맞아주었다. 아까 들렀던 화려하고 사치스런 성물방과는 달리, 공간은 휑하니 넓었고 성물은 그 넓은 공간을 감당하기 어렵다는 듯 드문드문 놓여 있었다. 어쩌면 조명 탓인지도 모르겠다. 가톨릭 회관의 성물방에는 물건도 물건이려니와, 천장에 할로겐 조명이 별처럼 박혀 있어서 따뜻한 빛이 구석구석 흩뿌려지고 있었다. 이곳 천장에는 기다란 형광등 두 개가 붙어서 애를 쓰고는 있으나, 천장이 높기도 해서 휑한 공간을 비추기에는 역부족이었다. 약간 구름 낀 오후의 하늘처럼, 아니, 지금 눈이 흩날리는 바깥처럼 내부는 회색빛이다. 그저 청색이 도는 수녀복과 그 위에 흰 무명 앞치마를 두른 수녀님들의 모습도 썰렁함에 한몫을 하고 있었다.

"저…… 진열된 성반 좀 보여주시겠어요?"

"예, 잠시만요."

수녀님의 목소리는 수연이 오랜만에 들른 손님이라는 사실을 말해 주듯, 기쁨을 감추지 않고 생글거렸다.

"이거요?" 수녀님이 둥근 달을 들어 올렸다.

"아뇨, 그 옆에 있는…… 가운데가 좀 움푹 파인 걸로…….'

'8만 원짜리'라고는 차마 말을 못 했다.

"이거요?"

"예."

사실 수녀님이 처음 들어 올렸던 달 모양이 더 마음에 들었으나, 그것은 아까 '120000원'이라는 가격표가 붙어 있는 걸 보았기 때문에 마음에 들지 않는 척했다.

"한번 보세요."

수녀님은 면장갑 낀 손으로 성반을 꺼내 수연의 앞에 들이밀었다.

성반. 성반은 오래 전부터 수연의 것이었던 것처럼 친숙한 느낌을 주었다. 겉보기로는 제의실에 있는 것과 크게 다르지 않았다.

“가격이 싼 편이네요?”

“예! 사실 이 물건이 몇 년 전에 만든 거예요. 가격표도 옛날 그대로지요. 원래는 값을 올려 받아야 하는데 그냥 옛날 가격표를 붙여 놓았어요. 요즘 시세로 하면 서너 배는 더 받아야 해요. 금값도 비싸지만, 원자재 값이 워낙 올랐어야 말이지요.”

수녀님은 싸구려 물건이 아니라는 걸 강조하기 위해 최근의 금값 시세 동향과 원자재 값 상승에 대해서도 길게 설교를 해 주셨다. 수연은 연신 고개를 끄덕이며 맞장구를 쳐 주었다. 혹시라도 수녀님의 마음이 바뀌어 요즘 시세로 값을 고쳐 부를까 싶어 은근 걱정이 되기도 했다. 사실 최근 금값이 몇 배로 뛰어, 엄마도 돌잔치에 초대받아 갈 때 반지는 살 엄두도 못 내고 봉투만 준비해서 간 지 오래이다.

“예⋯⋯, 저도 알아요. 저, 근데, 성작은 안 사고 이것만 사도 되는 거죠?”

“그럼요. 성작은 필요 없으세요? 포장해 드릴까요?”

“예. 예쁘게 해 주세요.”

수녀님은 투박한 손으로, 역시 투박해 보이는 푸른색 문양이 들어간 포장지로 성반을 싸기 시작했다. 푸른색이나 회색이 아니면 안 되는 걸까? 수녀님의 색. 검은색, 회색, 군청색⋯⋯ 흰색. 신부님의 제의만 해도 초록색, 보라색, 빨간색이 있고, 크리스마스를 앞둔 시기, 장미주일에 꼭 한 번은 분홍색까지 입는다. 하지만 수녀님들은 분홍색이나 빨간색 옷은커녕 그런

색을 가진 물건을 손에 쥐고 있는 것조차 본 적이 없는 것 같
다. 한 번쯤 수녀가 되고 싶다가도 문득 저 무채색의 초상을
보면 한숨이 저절로 나온다. 결혼을 못하는 것은 견딜 수 있을
것 같다. 화장도 안 하고 옷을 여러 벌 사지 않아도 되니 편할
것이다. 하지만 평생 저런 승복 같은 옷을 입고 지내야 한다는
건 어째…… 감당할 수가 없다. 여성이라는 색을 벗어 버린 잿
빛의 존재. 하느님이 만들어 주신 가장 아름다운 존재의 껍질
대신 음흉하기까지 한 우울함으로 화한 그들. 청순한 마리아
마타 수녀님이 떠올랐다. 지금이라도 수녀복을 벗고 미니스커
트와 탱크탑을 입은 채 얼마든지 활보해도 어색하지 않을 것
이다. 뭘 바라고 그 무채 속에 자신을 가두려는 걸까. 수연은
좀 화려한 시폰 리본이라도 달아 주었으면 싶었지만, 여기에
서 리본 같은 것은 아예 기대하지 않는 게 나을 것이다. 그러
나 리본도 없이 포장된 성반을 건네주는 수녀님의 눈에는 총
총히 박힌 별들이 빛나고 있었다. 수연은 성반을 두 손으로 받
으며 그 별들도 두 눈으로 받았다. 성물방을 나온 수연은 성모
상 앞으로 달려갔다. 이렇게 좋을 수가. 긴장감이 풀어지고, 입
에서는 미소가 주체할 수 없이 새어 나왔다. 성모님도 참, 이
렇게 빨리 기도를 들어 주시다니. 벌어지는 입 사이로 침이 흘
러내릴 것 같아 그제야 입을 다물었다. 아직 초를 봉헌하지 않
았다는 것이 생각났다. 눈밭에서 주운 천 원을 봉헌함에 넣고
살구색 초를 꺼내 들었다.

"감사합니다. 감사합니다. 성모님, 정말 고마워요. 정말……
고맙습니다."

내리는 눈발 사이로 더욱 희게 빛나는 성모님은 허공을 바라
보며 미소 짓고 있었다. 수연의 기도를 들으시는지 마시는지.

수연은 무수한 사람들이 찾아 헤매던 성배를 찾은 것 같은
착각이 들었다. 예수님이 쓰셨다는 전설의 진짜 성배를. 성반
에서는 빛이 나오는 것 같았다. 검은 가방에 넣어 지퍼를 꼭
닫았지만, 조금이라도 영력이 있는 사람이라면 누구든 그 금
빛을 볼 수 있을지도 모른다. 수연은 가방 속에 있는 물건을
단순히 8만 원짜리 성반이라고 생각할 수가 없었다. 자신이 세
상에서 가장 소중한 보물을 어깨에 메고 가고 있다는 생각에
황홀함과 뿌듯함이 폭발이라도 할 듯 부풀어 올랐다. 명동은
거대한 늪과 하얀 숲으로 우거진 전설 속의 성지처럼 느껴졌
다.

'나는 이 소중한 보물을 가장 훌륭한 사람에게 줄 것이다. 이
보물과 어울리는 자에게.'

'성모님, 이 소중한 보물이 제가 가장 소중히 사랑하는 사람
의 손에 들어가게 해 주세요.'

수연은 다짐과 기도를 반복하며 명동을 벗어났다. 눈은 여전
히 내리고 있다. 명동은 이제 파티에 나가려는 옷차림 대신 순
백의 옷으로 갈아입고서 거룩한 성반을 지고 가는 전사를 축
복해 주고 있었다.

"늦었다. 어디 갔다 왔니?"

"학교 갔다가 명동성당 좀 들렀다 왔어."

"성당은 왜?"

"그냥, 기도하려고."

엄마는 의심스러운 눈초리로 쳐다보았다. 헤벌쭉 벌어진 입을 추스르지 못하는 수연을 엄마가 몰라볼 리가 없다. 수연은 애써 태연한 척 엄마의 눈빛을 피하며 방으로 들어왔다. 엄마야말로 가방 속에 뭐가 들었는지 알지 모른다. 수연이 들어올 때부터 엄마의 눈은 무언가를 찾고 있었다. 수연의 얼굴 구석구석을 뒤지며 기쁨의 원천을 캐내려는 듯. 불길할 정도로 새카맣게 빛나는 눈. 그 검정 가운데서 반사라도 되는 듯 뿜어져 나오는 한 점의 빛. 엄마는 어떻게 그런 눈빛을 얻었을까. 거울을 보았다. 수연의 눈동자는 엄마의 그것처럼 검지 않다. 짙은 밤색. 빛나는 한줄기의 광휘도 없다. 평범한 얼굴. 좀 예뻤으면 싶기도 하지만 그런대로 만족했다. 수연은 가끔씩 예쁘다는 말을 들었다. 늘 보던 사람들도 처음 알았다는 듯이 눈길을 한 번 더 주며 의아해할 정도로 예쁠 때가 있었다. 아직 어린 여자라면 누구나 듣는 찬사이기도 하지만, 수연은 비밀스레 기쁨을 꼭 간직하고 그 선망의 눈길도 잘 가지고 있다가 외로울 때마다 되새기며 스스로를 위로하곤 했다. 그리고 한 명뿐이긴 했으나, 눈에 뭐가 씌었는지 수연만 보면 넋이 나가 하염없이 눈길을 떼지 못하는 남자도 있었다. 인하. 아주 싫은

타입은 아니었으나 썩 마음에 드는 것도 아니었다. 또래의 젊은 남자들에 비해 키가 큰 편이었고, 어깨에 닿을 듯 약간 긴 생머리가 그럴 듯해 보이기도 했다. 그러나 그 젊음만큼 불안스러워 보였다. 아, 반면에 신부님의 단정한 모습은 얼마나 훌륭한지. 인하와 신부님을 동시에 떠올리던 수연은 묘하게 겹치는 그들을 비교하기 시작했다. 키는 인하가 좀 작은가? 머리카락은 둘 다 비슷한 길이네. 라파엘 신부님은 젊은 신부님답게 약간 긴 머리를 하고 있었고, 그것은 우아함과 시적인 분위기를 한층 더했다. 인하는 안경을 쓰고 약간 각진 얼굴이지. 비교하기에 턱없이 차이가 나기 시작하자 수연은 비교를 그만두었다. 제의를 입고 성작을 든 신부님의 모습에 인하가 나가떨어지고 말았던 것이다. 완전히 케이오당하기 직전, 인하의 환영은 피아노 뚜껑을 열고 건반 위에 두 손을 올려놓았다.

몇 달을 수연의 주변에서 맴돌던 인하는 어느 봄날, 드디어 무슨 결심을 했는지 수연에게 다가왔다. 친구들과 수다를 떨면서 식당을 나오고 있는데 멀찍이 서 있던 그는 단호한 걸음으로 다가오더니 편지를 내밀었다. 편지를 내밀면서 인하는 수연의 눈에 도장이라도 찍듯이 힘 있게 마주보고는 돌아서 사라졌다. 옆에 있던 친구들은 까르륵거리며 좋다고 웃어 제쳤다. 인하가 좀 괜찮아 보이는 스타일이거나 부잣집 도련님 같아 보였다면 그렇게 웃지는 않았을 것이다. 너무 허름한 옷차림으로, 그래도 아주 용감하게 편지를 건네는 모습은 왠지 우스워 보였다. 반은 질투에 반은 조롱이 섞인 친구들의 웃음이 짜증스럽기도 하고 고맙기도 했다. 만약 혼자 있었다면 답답하고 어색했을 것이다. 그 어색함을 단박에 코미디로 바꿔버리는 친구들의 우정을 어떻게 받아들여야 할지 난감했지만, 그래도 누가 옆에 있다는 것은 고마운 거다.

"야, 얼른 뜯어봐."

"그래, 뭐라 썼나 보자."

"이따가 나 혼자 볼래."

"야, 뭐야? 너, 그러는 거 아니다. 나도 안 보여준다."

"너도 뭐 편지 받은 거 있어?"

"치~! 그럼 난 뭐 쫓아다니는 남자도 없을까봐?"

친구들의 협박 비슷한 성화에 못 이겨 편지를 뜯었다. 꼼꼼히 풀칠된 파란 봉투.

'내일, 5월 19일, 4시. 음악관 앞. 높은음자리표 앞에서 만나요. 꼭 드리고 싶은 것이 있습니다. 도인하 드림.'

"야, 도 씨다, 도 씨."

"도 서방이네, 크크."

그날 이후, 친구들은 인하를 도 서방이라고 불렀다. 여러 친구들의 추론 끝에 그가 음악대학 학생일 거라는 결론이 내려

졌지만, 무엇을 전공하는지에 대해선 제각기 다른 의견들을 내놓았기 때문에 결론을 내리지 못했다. 후줄근한 옷차림과 긴 머리카락, 은근한 분위기로 보아 아마 작곡과가 아니겠느냐고 혜진이가 추측하자 은진이는 아마 바이올리니스트일지도 모른다며 대학로에서 보았던 구걸하는 바이올리니스트의 모습을 진지하게 설명해 주었다. 수연은 친구들에게는 속내를 드러내지 않았지만 내심 감탄하고 있었다. 각자 떠드는 그의 전공에 대해서가 아니라 바로 5월 19일에 대해서. 신기한 일이다. 이 사람이 내 생일을 알 리도 없는데. 5월 19일은 수연의 생일이었다. 주민등록상에 나와 있는 생일은 음력 날짜를 표기해 놓은 것이므로 식구가 아닌 담에야 내일이 수연의 생일이라는 것은 아무도 알 수 없는 것이다. 출생 신고를 하러 갔던 친할머니가 음력 날짜만 기억하고는 그대로 신고해 버렸던 것이다. 오빠조차도 수연의 생일을 잊기 일쑤였다. 옆에서 오만 방정을 다 떨고 있는 이 친구들도 물론 모른다. 편지를 받을 때까지만 해도 수연은 다시는 눈길도 주지 말아야지 하고 생각했으나, 편지를 읽고 난 뒤에는 꼭 만나야할 것 같은 느낌이 들었다. 꼭. 그 이후에는 다시 안 만날지라도. 내일은 꼭 만나야만 한다. 한 번밖에 없는 날이잖아.

19일 오후가 지쳐 갈 무렵, 수연은 친구들과 자연스럽게 헤어져 혼자 도서관에서 책을 읽고 있었다. 친구들은 이미 오늘 인하와 수연이 만나기로 한 약속을 새카맣게 잊고 자신들의 오후로 돌아갔다. 수연은 4시가 가까워지자 도서관에서 나왔다. 도서관에서 음악관까지 걸어가는 길은 상당히 멀었다. 도서관은 학교 가장 안쪽에 있는 건물이고, 음악관은 교문 정문을 들어서자마자 바로 왼쪽에 있는 건물이었다. 천천히 여유를 부리며 걷던 수연은 다급한 마음이 들어 부지런히 걷기 시작했다. 땀내가 나면 안 되는데. 그래도 시간 약속에 늦으면 안 될 것 같았다. 왜 이리 멀담. 늘어진 전나무 가지가 멀리서 흔들렸다. 하얗게 마른 자작나무 가지도 한들한들 흔들렸다. 동화 속에 나오는 자작나무들이 하얀 드레스 옷을 입고 선 신부 같다느니 어쩌느니 할 땐 너무 과한 표현이다 싶었지만, 분명 멀리서 보는 자작나무는 눈처럼 하얬다. 그 하얀색은 여름이나 가을에는 알기가 어렵고 모든 나무들이 모조리 벗은 겨울이라야 더욱 드러나는 종류의 것이었다. 푸른색 등 가지가지의 '색' 사이에서는 자작나무의 순결이 드러나지 않는다. 잿빛의 마른 가지들이 엉켜 서 있고, 그 뒤에 있는 나무와 또 그 뒤에 선 나무, 아니 그 뒤를 훨씬 지나 서 있는 나무들까지 앙상한 모습이 모조리 보이는 겨울이라야 그 하얀 몸이 제대로 눈에 들어온다. 자작나무는 막 씻고 나온 소녀의 몸을 가지고 있다. 학교에 있는 나무들을 볼 때마다 수연은 왜 다프네가 나무로 변했는지 이해할 수 있었다. 그전에는 한갓 마른 껍질로 덮인 나무가 뭐가 예쁘다고 굳이 자신의 아름다운 몸을 나무 따위로 바꿨을까 궁금했었다. 그냥 아폴론하고 결혼할 것이지. 제 팔자 피는 것도 모르고. 이상한 아줌마표 아이디어까지 떠올리며 다프네를 비난했었다. 그러나 학교 캠퍼스 안에 있는 나무들을 보면서, 다프네가 나무 이상의 무엇이 될 수 있었겠는가 하고 반문하게 되었다. 아폴론이라는 거대한 폭력의 손길을 거절할 만한 존재로서 그 아름답고 우아하고 장중한 나무 말고 도대체 생각나는 게 뭐가 있었겠는가. 학교 안의 나무들은 유독 아름답고, 자신의 자리를 잘 알고 있는 듯한 모습이었다. 나중에 친구를 통해 안 것이지만, 이 학교에는 조경학과가 있어서 캠퍼스가 작은데도 예쁘기로 유명하다고 했다. 학교 안의 나무들은 마치 사람처럼 존중받고 있다. 꼭 있어야 할 자리에 있고, 눈에도 잘 띄어 사람들의 시선을 받을 수밖에 없는 지위에 있다. 전문가들의 도움을 받아 적당한 자리를 차지한 나무들은 한층 더 자연스럽고 우아한 자태를 간직할 수 있었던 것이다.

음악관이 보이기 시작했다. 그렇게 교문을 통해 학교를 드나들면서도 교문 옆에 음악관이 있다는 건 최근에야 알게 되었다. 음악관 앞에 높은음자리표 모양의 조형물이 있다는 것도 인하의 편지로 처음 알게 된 것이다. 그만큼 조형물은 너무나 건물과 잘 어우러져서, 조형물이라고 생각되지도 않을 정도로 드러나 보이지 않았다. 낡은 2층짜리 건물을 본 순간 수연은 작은 떨림을 느꼈다. 얼마나 소박한지. 어찌 보면 인하와는 전혀 상관없는 일이지만, 왠지 인하가 좋은 사람일 것이라는, 적어도 허풍쟁이나 속이기 좋아하는 사람은 아닐 거라는 믿음이 솟아났다. 높은음자리표 조형물은 붉은 벽돌을 뒤로 하여 그을고 녹슨 쇠파이프로 만들어진 듯했으나 자연스럽고 사랑스러웠다. 흐린 하늘 아래 넓지도 않은 작은 공간을 차지한 채 이곳이 음악관임을 말해 주며 서 있다. 그 앞에는 흙더미와 정원사 아저씨의 수레, 비스듬히 꽂힌 삽, 비료 몇 포대가 놓여 있었다. 인하는 아직 없다. 비료 몇 포대가 포개진 배경을 뒤로하고 서 있으려니 싸구려 같은 인상을 줄까봐 싫은 생각이 들었지만, 그래도 수레는 낭만적이라고 스스로를 위로하며 인하를 기다렸다. 먼저 와 있으면 이상해 보일까. 시계는 3시 58분이었다. 너무 빨리 걸어온 걸까. 높은음자리표 사이사이로 음표가 보였다. 허공에 매달린 듯한 음표는 '파' 소리를 내고 있는 것 같다. 애매한 순간의 소리. 뭔가 불안전하면서도 세련된, 한 걸음 더 가면 보다 분명한 '솔'이 기다리고 있는 찰나의 음.

"수연 씨!"

화들짝 놀라 뒤를 돌아보자마자 인하의 얼굴과 마주쳤다. 놀라움. 감사함. 여자를 기다리게 했다는 미안함이 범벅된 얼굴은 입으로는 말을 못하고 눈으로만 뭐라 뭐라 떠들어댄다. 인하의 아우성치는 눈빛을 무시한 채 수연은 고개를 돌리고 차 갑게 말했다.

"왜 만나자고 했어요? 저 빨리 가봐야 해요. 빨리 얘기하세 요."

인하는 여전히 말을 잘 못하고 이번에는 손으로 말을 하려 했다. 위아래로 왔다 갔다 하던 손이 음악관 입구를 가리켰다.

"들어갈래요?"

"들어가야 해요?"

"예."

드디어 인하의 눈에 힘이 들어갔다. 음악관에 들어서자마자 도배해 놓은 듯, 다닥다닥 수없이 붙어 있는 팜플렛이 눈에 들 어왔다.

'○○○ 피아노 리사이틀', '××× 바이올린 독주회', '△△△ 콘서트'…….

"음대생이세요?"

"예." 인하가 멋쩍어하며 웃었다.

"피아노 전공해요."

이번에는 인하가 묻지도 않은 말에 먼저 대답했다. 인하를 따라 1층 끝까지 긴 복도를 걸었다. 드디어 다 왔다는 듯 인하 는 연습실 문을 열고 들어오라고 손짓했다.

"꼭 들어가서 얘기해야 해요?" 수연이 투덜거리듯 물어보았 으나 인하는 눈빛으로 단호하게 답했다. 간단하면서도 거부할 수 없는 대답이었다.

　연습실은 생각보다 좁았다. 이런 곳에서 연습을 하는구나. 예쁜 드레스, 좀 우스꽝스럽기도 한 연미복이나 입고 휘황찬란한 조명 아래서 사람들한테 박수만 받으며 있는 줄 알았는데. 좁디좁은 연습실은 인하와 수연이 들어서자 꽉 찼다. 이미 피아노가 반 이상 차지하고 있던 공간이었다. 한쪽 벽 구석은 뜯겨져 나가 보수라도 해야 할 것 같다. 인하는 피아노 앞에 앉았다. 그리고 원래부터 있었던 것인지 인하가 준비한 것인지는 알 수 없는, 등받이가 달린 낡은 나무의자를 수연에게 내주었다. 낡았지만 고딕 소설에라도 나올 듯한 고풍스러운 모습이었다. 수연은 의자에 앉았다. 이렇게 좁은 방에서 피아노와 한 남자와 무슨 얘길 해야 할까? 수연은 인하를 쳐다보며 입 열기를 기다렸다. 그러나 인하는 말하는 대신 피아노 건반 위에 두 손을 올려놓았다.

　희고 긴 손가락은 따로 살아 있는 생명체처럼 건반 위를 오갔다. 손이 건반 위를 오가면서 전혀 별개의 것으로 느껴지는 '음악'이 흘러나왔다. 어려서 피아노 학원을 기웃거리던 시절. 같은 반 친구들 중에 공주 같던 아이가 새침하게 피아노를 치던 모습. 피아노를 사 달라고 졸랐다가 엄마가 아빠랑 싸우고 눈이 붉어지도록 울던 기억. 나무라던 오빠의 굳은 얼굴. 한두 컷짜리 무수한 장면들이 카드 마술이라도 하듯 눈앞에서 나타났다 사라졌다. 피아노소리는 외국어처럼, 아니 천국의 언어처럼 들렸다. 인하의 아우성치던 눈빛처럼, 어느 밤 자다 깨어 일어나 창밖으로 바라보았던 별빛처럼, '음악'이라는 이름을 가진 이 언어는 아름답다. 다만 정확히 무슨 말을 하고 싶은 건지…… 알 수가 없었다. 벌써 사랑한다는 말은 아니겠지? 그럼 뭘까? 반했다? 아니…… 그런 저속한 감정이 아니다. 좀 더 아름답고 뭔가 힘 있는 의미일 거야……. 근데 무슨 뜻일까? 수연은 음악이 쓰는 철자와 문법을 잘 몰라 정확한 의미를 이해할 수 없었다. 하지만 그의 익숙한 손놀림과 풍성하고 아름다운 피아노소리에서 그가 얼마나 연습했는지, 얼마나 많이 수연을 떠올렸는지 느낄 수 있었다. 피아노소리에는 수연 자신의 환영이 무수히 아롱거리며 피어올랐고 그것은 음으로 화하여 공기 중으로 퍼져 나갔다. 졸리다. 몽환 속에서 시간의 꽃이 피고 있었다. 수연의 모습을 닮은 그 푸른 꽃은 서서히 피면서 수연을 잠 속으로 이끌었다. 푸른 꽃은 피면서 더 화려해지다가 다시 서서히 오므라들면서 귀여운 흰 봉오리가 되기를 반복했다. 피아노소리는 부드러운 미풍처럼 수연의 귓불을 어루만졌다. 편안한 피아노소리는 다독거리며 쉬라고 속삭였다. 좁은 연습실은 그늘진 탓인지 서늘했고, 5월의 오후는 나른했다. 가물가물 인하의 손길이 깜박거리며 끊겼다. 귓전에서 새로운 듯 통통 튕기는 음들이 수연의 의식을 꿈결 위로 떠올리고, 강물 위를 흐르듯 미끄러지는 음의 물결이 포근한 밍크 담요로 감싸듯 수연을 덮어 주었다.

"수연 씨?"

수연은 인하의 눈동자와 마주쳤을 때 자기가 누구와 어디에 있는지, 순간 전혀 인식할 수가 없었다. 벌떡 허리를 세우고 눈을 들자 칠흑같이 검은 피아노가 눈에 들어왔고, 걱정스러운 인하의 눈빛과 다시 마주쳤을 때 자신이 어디에 있는지를 깨달았다. 부끄러움이 몰려왔다. 잠이 들다니. 그것도 피아노 치는 남자 앞에서. 수연은 얼굴이 화끈거리는 것을 느꼈으나 공연히 핸드폰을 찾으며 짜증을 냈다.

"도대체 몇 시예요?"

4시 15분. 수연은 다시 얼굴이 화끈 달아올랐다. 겨우 15분이 지난 걸까? 반나절도 더 지난 것 같았는데. 아니, 전혀 시간을 알 수 없는 먼 미지의 세계에 다녀온 것 같다. 당황해 하는 수연을 더 당황스럽게 쳐다보는 인하에게 그냥 가야겠다고 말해 버리고는 피아노 연습실을 나와 버렸다. 이게 아닌데. 그 사람에게 이렇게 하면 안 되는데. 자신의 생일에 피아노까지 쳐 준 남자는 인하가 처음이었는데. 고맙다는 말도 못하고 나와 버리다니. 이런, 바보같이⋯⋯ 잠이 들어 버리다니.

수연은 그때처럼 볼이 화끈거리는 것을 느꼈다. 그 뒤로 우연인지 인하의 의도였는지 모르겠으나, 몇 번인가 마주친 인하에게 눈길도 안 주고 휑하니 지나치곤 했다. 휑하니 지나칠 때 인하의 눈길이 절망으로 흔들리는 것을 느끼면서 수연은 수없이 자신을 책망했다.

'그게 아니에요. 그게 아니란 말이에요. 미안하고 창피해서 인하 씨 얼굴을 볼 수가 없어요. 그래서 피하는 거예요. 인하 씨가 잘못한 게 아니에요. 피아노소리는 너무 아름다웠어요. 나한테 피아노를 쳐 준 사람은 인하 씨가 처음이에요. 말한 적도 없는데 내 생일을 챙겨 준 사람은 인하 씨가 처음이라고요. 그날은 바로 제 생일이었어요.'

지난 일을 되새기던 수연은 그때의 감정이 고스란히 되살아나자 눈물이 솟았다. 눈물은 금방 그렁그렁 눈에 가득 차더니 주르르 떨어졌다. 지금 누군가 수연을 본다면 정말 미쳤다고 생각할 것이다. 성반을 사 들고서 날아갈 듯 기뻐하던 게 10분 전인데……. 성반은 신부님을, 신부님은 인하를 떠올리는 끈이 되고, 인하는 부끄러움과 미안함과 고마움이 한데 얽힌 감정 덩어리를 끌어올렸다. 감정의 공. 그 공은 너무 엉킨 실타래처럼 풀 수 없어서 내다버릴 수밖에 없을 것 같다. 풀고 싶긴 하지만 어디서부터 어떻게 시작해야 할지…… 지금 수연에겐 너무나 버겁고 무거운 공이었다.

"수연아!"

엄마가 문을 열려고 했다.

"엄마! 나 지금 옷 갈아입어!" 수연은 버럭 소리를 지르면서 얼른 일어나 훌러덩 바지를 내리고 재빨리 윗도리를 벗어 제쳤다.

"빨리 씻고 엄마 좀 도와 줘." 들어올 줄 알았던 엄마가 문 밖에서 말하곤 돌아섰다.

"응, 곧 갈게." 최대한 밝은 목소리를 꾸며 대답했다.

안도의 한숨을 내쉬며 눈물을 훔치고 거울을 보았다. 거울 속에는 얼굴이 비취고 있고, 그 뒤로 등진 모습이 전신 거울에 비취면서 끝없는 수연의 뒷모습들이 줄지어 서 있다. 뒤돌아 선 수연은 전신 거울을 들여다보았다. 거울 속의 '나'는 머릿속 에서 재현되던 '나'와는 다른 존재 같다. 속옷만 입은 채 어정 쩡하게 서 있는 모습. 여자라기보다 왠지 어린애 같은 몸. 수 연은 풍만한 가슴이나 육감 넘치는 엉덩이를 가지고 있지 않 았다. 오히려 키도 작은 데다, 마른 팔다리에 덜 벌어진 작은 엉덩이, 작은 가슴은 목 위를 달랑 잘라놓고 보면 영락없는 열 세 살짜리 덜 자란 계집애였다. 몸을 비틀어 뒤로 옆으로 앞으 로 돌려 보던 수연은 좀 더 부푼 엉덩이와 가슴을 거울 속 몸 위로 그려 보았다. 일본 만화 여주인공 같은 모습을 상상하며 거울 옆 옷걸이에 걸린 추리닝을 꺼내 입었다. 호리병 같은 몸, 꽃 같은 얼굴. 그러면 신부님도 날 쳐다보겠지. 눈이 휘둥 그레져서 말이야. 하지만 다시 바라본 거울 속에는 회색 추리 닝을 입은, 그저 여자인가보다 싶은 볼품없는 어린애가 서 있 었다.

그는 아름답다. 저녁노을처럼. 날쌘 여우처럼. 그는 아름답다. 그가 사제가 되지 않았으면 배우가 됐어야 했다. 어떤 의미에서 사제와 배우는 같다. 자신을 버리고 대중이 바라는 무언가가 되어야 한다는 점에서. 연극과 미사. 배우와 희생 제물. 사제. 어쩌면 예수님은 배우였을까? 하늘나라를 땅 위에서 재현하는 배우. 연극은 흥행에 성공했으나 배우는 무참히 죽었다. 아니, 배우가 무참히 죽었기 때문에 극이 성공한 것일까. 감독 하느님. 주연 예수 그리스도. 조연 마리아, 요셉, 막달레나와 마르타, 라자로, 소녀, 그 외 믿는 사람들, 열두 제자, 유다, 동방 박사 세 사람, 양치기, 가축, 빌라도, 로마 군인, 군중, 가브리엘 천사. 그렇다면 예수의 탄생과 인간의 구원은 신의 자작극인가. 극은 끊임없이 재연되면서 예수는 불멸한다. 사제는 죽는 날까지 미사라는 연극을 재연시키고 그 불멸에 동참한다. 그리고 여기 자신이 어디에 있는지도 모르는 무수한 사람들이 모여 혹시 그 불멸의 부스러기 한 조각이라도 얻어먹을 수 있을까 싶어 구걸하며 앉아 있다. '불멸'—뭘 위해 불멸해야 할까? 왜 불멸해야 할까? 뭘 바라고 나는 여기에 서 있을까? 신부님, 적어도 나는 신부님을 보러 왔다. 적어도 내 욕구는 현실적이며 구체적이다. 있는지 없는지도 모르면서 갈 데 없어 성당에 모여 앉아 웅얼거리는 저 부류와는 다른 존재다. 할머니와 할머니가 되어가는 아줌마들과 함께 웅얼거리는 기도에 파묻혀 앉아 있는 자신이 새삼 추레하고 할 일 없는 사람처럼 여겨져 견딜 수 없던 수연은 이 미사와 자신의 목적에 대해 의미를 부여하려고 애썼다. 내가 왜 여기 있는지에 대해. 하지만 부질없는 일이었다. 평범한 인간은 자신이 누구인지를 주변에 있는 사람을 통해 가장 잘 깨닫는다. 내가 같이 있는 사람들, 그들이 곧 나의 모습이다. 거울을 보듯 옆에 있는 사람들을 통해 나를 비춰보며 내가 누구인지 깨닫고 느끼게 되기 때문이다. 할머니들 틈에 끼어 있자니 자기 자신이 곧 인생의 명멸의 순간에 와 있는 것 같아 짜증이 솟구쳤다. 어쩌면 신부님은 내 얼굴을 못 알아볼지도 모른다. 그저 할머니들 중 하나인가보다 생각할지도. 미인대회에 나갔었다고 하면 그 사람이 사실은 미인이 아니어도 마치 개성 있는 미인인 것처럼 여겨지듯이, 수연은 할머니들로 가득 찬 성당 안에 있는 자신이 할머니가 된 것 같아 자리가 너무 거북했다. 하지만 은은한 성가 소리와 함께 신부님이 입당했을 때 수연은 드디어 그 칙칙한 올무에서 풀려날 수 있었다. 아니야. 나를 닮은 사람은 저 사람이야. 나는 저 사람처럼 아름다워. 나는 그다. 수려한 신부님이 들어서자 수연은 이제야 제대로 된 거울을 보는 듯 홀가분한 마음으로 안도의 숨을 내쉬었다.

　미사가 끝나자 수연은 신부님을 찾아 재빨리 나왔다. 마침 성가가 끝나기 전에 나오면 사람들 눈에 띄지 않고 성반을 전해 드릴 수 있다. 하지만, 신부님은 벌써 사제관으로 올라가고 있었다. 수연은 주변에 아무도 없는 것을 확인하며 사제관으로 따라 올라갔다. 문으로 들어가는 신부님을 얼핏 불렀으나 들리지 않는지, 라파엘 신부는 그대로 들어갔다. 수연은 문 앞에서 벨을 누를까 하다가 문고리를 잡았다. 문은 잠기지 않은 채 열려 있었다. 문을 밀고 소리 없이 들어서자 막 옷을 벗으려는 신부님과 눈이 마주쳤다. 라파엘 신부는 당황한 빛이 역력했다. 하지만 이내 냉정을 되찾고는 시선을 돌린 채 차갑게 물었다.

"문이 열려 있었나요?"

신부님이 입을 연 것만으로도 감사해서, 수연은 반갑게 말을 되받았다.

"예. 신부님, 저, 드릴 게 있어서요."

신부님께 드릴 성반을 구하기까지 마음고생을 했던 것도 순간 싹 날아가 버릴 것 같았다. 이렇게 신부님과 둘이 있다니…… 행복하다. 사랑하는 사람과 단둘이 있다고 생각하니 이루 말할 수 없이 행복했다. 사랑하는 사람과 단둘이 있다는 건 이런 거구나. 수연은 가방에서 포장된 성반을 꺼내어 신부님께 내밀었다.

"신부님, 제가 드리는 선물이에요."

라파엘 신부는 성반을 받는 대신 수단을 마저 벗었다. 그리고는 차갑게 수연을 노려보았다.

"원래 그렇게 남자 혼자 있는 데 잘 들어가고 그래요?"

순간 수연의 얼굴은 새파랗게 질렸다. 대체 무슨 소리를 하는 거지?

"전 그냥 성반을 드리려고……."

"아무 남자한테나 그렇게 선물 내밀고 그래요?"

"신부님, 무슨 말씀이신지……."

수연은 더 이상 말을 이을 수가 없었다. 신부님이 멋지다고 생각한 것도 사실이고 사랑한 것도 사실이다. 하지만 신부님을 남자라고 생각해 본 적은 없었다. 물론 신부님이 남자인 건 사실이지만, 남자라서 좋은 게 아니라 천사처럼 아름다워서…… 그렇게 순결해서…… 그렇게 바라본 거였는데…….

"전 그냥……."

라파엘 신부는 일말의 변명도 용납 않겠다는 듯, 수연의 말을 딱 잘랐다.

"이렇게 신부 혼자 있을 때 여자가 불쑥 들어오는 거, 악마의 유혹으로밖에 안 보입니다. 너무 지나치게 행동하면 제가 사제로서 수연 씨를 신자 파면시킬 수도 있습니다. 한 번만 더 나를 찾아오면 가만있지 않겠습니다."

수연은 얼음장 같은 칼날이 신부님 입에서 쏟아져 나오는 것을 멍하니 바라보았다. 내가 듣고 있는 말이 정말 듣고 있는 그대로의 말인가? 신부님이 저렇게 독설을 퍼부어대도 되는 건가? 곧 말의 의미가 하나하나 그 뜻대로 인식되면서, 수연은 수치심에 그대로 고꾸라져 죽어 버릴 것 같았다. 라파엘 신부의 말은 너무 지나쳤다. 혼이 빠진 수연이 보기에도 그는 필요 이상의 연기를 하는 것 같았다. 하지만 그의 입에서 나오는 칼날은 적어도 가짜는 아니었다. 뭔지 모르게 지나치게 날카롭고 잔인한 기운을 지니고 있었지만 작위적인 행동은 아니었다. 어찌됐든 그것은 수연이 견뎌낼 수 있을 만한 종류의 것이 아니었다. 수연은 그 시퍼렇게 날 선 독설에 심장을 난도질당하는 것 같아 도저히 서 있을 수가 없었다.

'난 그저 문을 열고 들어오기만 했을 뿐인데……. 더구나 밤중도 아니고 환한 대낮에……. 다른 여자들이 이곳에 들어오는 것도 몇 번 봤는데……. 내가 여기 들어온 게 그렇게 잘못인가?'

그는 미사를 드릴 때 보았던 순결하고 아름다운 사제가 아니었다. 어디서 나오는 건지, 일말의 포용도 없는 잔인한 기운이 그의 육체를 가시처럼 뚫고 나와 아우라를 만들고 있었다. 저 독설과 얼음장 같은 얼굴, 단단하게 마른 껍질 같은 게 뒤덮인 흰 얼굴이 그의 진짜 모습일까? 저것은 순결함이 아니라 불모의 가면이다. 때 묻지 않은 깨끗하고 맑은 어떤 것이 아니라 유황불이 늘 타올라 때조차도 묻을 수 없고, 악마조차도 질려 도망가 버릴 바싹 마른 황무지이다. 수연은 돌아섰다. 내가 이런 사람을 사랑해 왔던 걸까? 저런 잔인한 황무지를 순결함이라 착각하고, 저 독선과 교만을 주님을 향한 일관성이라고 믿으면서. 저 군중의 불결함보다 더 사악한 너 자신만의 깨끗함이여. 인간다움을 잃어버린, 그렇다고 위대한 신성도 아닌, 악마의 주체 못할 추악함도 아닌 괴물 같은 아우라가 거대하게 피어오르는 것을 보며 완전히 질려 쫓기듯 나올 수밖에 없었다. 끝이다. 다시는 볼 일이 없을 것이다. 성당은 얼마든지 있다. 어디서 미사를 드리든 나는 미사를 드릴 수 있고 하느님께 갈 수 있고 예수님과 만날 수 있다. 순결과 성실을 가장한 채, 악마의 악취보다도 더 지독하게 풍겨대는 잔인한 너의 무취를 나는 견딜 수가 없다. 문을 어찌 닫았는지, 계단은 어떻게 내려왔는지, 성당은 어떻게 빠져 나왔는지 아무 기억이 나지 않았다. 정신이 좀 들었을 때 수연은 학교에 가는 버스에 몸을 싣고 있었다. 그대로 성반이 들어 있는 가방을 안고.

수연은 창밖을 바라보았다. 눈물이 계속 솟구쳤다. 안 울려고 해도 저절로 흐느낌이 새어 나왔다. 버스 안에 사람이 거의 없는 게 다행이라면 다행이었다. 인하 생각이 났다. 아니 인하의 피아노소리가 생각났다. 잠들고 싶다. 그때처럼. 이렇게 속상한 건 다 잊고, 잠이 들면 좀 괜찮을 것 같다. 신부님이 생각났다. 다시 눈물이 솟구쳤다. 이해할 수가 없다. 왜 그런 말을 했는지. 왜 그렇게 잔인하게 구는지. 왜? 알 수 없는 거대한 벽을 바라보는 암담함. 아무리 두드려도 공명하지 않는 벽. 도대체 왜? 그런데 왜 지금 인하 씨가 생각날까? 그와 그렇게 헤어진 지도 벌써 몇 개월이 지났는데. 버스에서 내렸다. 발걸음은 저절로 학교로 향하고 있었다. 수연은 어느새 음악관 앞에 멈춰 섰다. 담쟁이덩굴을 뒤로 하고 고동색으로 서 있는 높은음

자리표를 보면서 수연은 그때서야 자신이 왜 버스를 탔는지, 왜 학교에 왔는지, 왜 여기 있는지를 알았다. 나는 인하 씨에게 위로받고 싶은 거구나……. 그가 날 기억할까? 허탈한 웃음이 나왔다. 잠깐 한 번 만났을 뿐인데. 더구나 내가 잠이 드는 바람에 별다르게 한 얘기도 없었는데. 다른 여자 친구가 생기지는 않았을까? 같이 음악을 전공하는 여학생이라도. 적어도 피아노 칠 때 잠들지도 않고 얘기가 좀 통하는 여자라든가……. 음악관 안은 어두웠다. 긴 복도 끝 유리창 밖으로 지나가는 햇빛은 그림처럼 박힌 채 어둡고 차가운 복도를 비추지 못했다. 아무 소리도 들리지 않는다. 수연 자신의 발소리만 들렸다. 그가 여기 있을 리가 없다. 인하와 들어갔던 연습실 앞에 섰다. 제발 그가 여기 있기를……. 제발 여기 있어서 나를 맞아 주기를. 다시 그때처럼 피아노를 쳐 주기를. 문고리를 돌렸다. 연습실에는 피아노만 덩그러니 놓여 있었다. 수연은 이미 알고 있었다는 듯 놀라지도 슬퍼하지도 않았다. 연습실로 들어가 인하가 그랬던 것처럼 피아노 앞에 앉았다. 피아노 뚜껑을 열려다 그대로 엎드렸다. 인하 씨. 인하 씨. 보고 싶어요. 제발 이리 와서 날 좀 위로해 주세요. 날 위해서 피아노를 쳐 주세요. 눈물이 걷잡을 수 없이 흘러 피아노를 적셨다. 냉혈한 같던 신부님의 얼굴. 편지를 건네던 부스스한 모습의 인하. 신부님의 독설. 인하가 눈으로 말하던 알 수 없는 말들. 둘의 모습은 샴쌍둥이처럼 붙어 거의 동시에 나타나 번갈아 모습을 바꾸었다. 신부님의 마지막 말이 수연의 마음에 칼을 꽂았다. '신부로서 나는 당신을 파면시킬 수도 있습니다.' 슬픔뿐 아니라 분노도 함께 치밀어 올랐다. 감히, 어디다 대고. 자기가 아무리 신부여도 예수님은 아니지 않은가. 예수님은 아무도…… 심지어 남편을 다섯이나 갈아치우고도 현장범으로 붙잡힌 창녀에게도 비난 한 마디 안 하셨다. 자신을 찾아간 한 인간에게 어떻게 감히 파면시킨다는 말을 입에 올릴 수 있을까. 신부님에 대한 분노와 인하 씨에 대한 그리움으로 눈물이 범벅이 되어 흘렀다. 인하 씨의 따뜻한 눈빛 한 번만 보았으면. 피아노소리는 못 들어도 괜찮으니……. 그 예전에 보여주었던 따뜻한 눈빛 한 번만…….

수연은 덜커덩 문 열리는 소리에 얼굴을 들지 않을 수 없었다. 설마 누가 연습하러 온 건 아니겠지. 뒤돌아본 수연은 거짓말처럼 서 있는 인하를 보았다.

"수연 씨."

인하. 순간 많은 말들이 떠올랐지만, 피아노 쳐 줄 때 잠들었던 것이 가장 미안하다는 생각이 들었다.

"미안해요. 인하 씨, 미안해요. 피아노소리가 다시 듣고 싶어서 왔어요. 인하 씨의 피아노소리가 너무 듣고 싶었어요."

어린애처럼 울고 서 있는 수연을 달래지도 못하고 바라보던 인하는 천천히 피아노 앞에 앉았다. 퉁퉁 부은 얼굴로 멍하니 서 있는 수연을 한참 바라보다가 피아노 뚜껑을 열었다. 다시

한 번 수연을 바라보고는 인하는 결심한 듯 피아노를 치기 시
작했다. 인하는 수연을 위해 피아노를 쳐 주었다. 이번에는 피
아노만 치는 게 아니라 노래도 불러 주었다.

"I can show you the world

Shining, shimmering, splendid

Tell me, princess, now

When did you last let your heart decide

I can open your eyes

Take you wonder by wonder

Over, sideways and under on a magic carpet ride

A whole new world

A new fantastic point of view

No one to tell us no or where to go

Or say we're only dreaming

A whole new world

A dazzling place I never knew

But now I'm way up here

It's crystal clear

That now I'm in a whole new world with you

Unbelievable sight

Indescribable feeling

Soaring, tumbling, free wheeling

Through an endless diamond sky

A whole new world

A hundred thousand things to see

I'm like a shooting star

I've come so far

I can't go back to where I used to be

A whole new world with new horizons to pursue

I'll chase them anywhere

There's time to spare

Let me share this whole new world with you……."

이번엔 잠들지 않았다. 하지만 그때와 똑같이 편안했다. 기쁨이 서서히 가슴 밑바닥 아래에서부터 고여 왔다. 신부님께 혼난 것도, 애정 많지만 늘 걱정스러운 엄마의 분위기도, 오빠의 뭐라도 된 체하는 현실의 무게감도 모두 사라졌다. 정말 마법에 걸린 것처럼 수연은 인하가 태워 주는 음악의 양탄자를 타고 날아올랐다. 푸른 꽃이 너울거리는 곳으로, 별빛이 설탕 가루처럼 흩뿌려진 검은 하늘로, 초록 나뭇잎들이 가득 손 흔드는 자작나무 숲 위로, 연분홍 꽃 잔디가 펼쳐진 솜사탕 같은 구름 위로, 눈 쌓인 언덕 위에 작은 통나무집이 있고 따뜻한 난로를 옆에 둔 한 가족도 보여주었다. 그 옆에는 아이들이 장

식한 크리스마스트리도 보였다. 인하는 마법사다. 피아니스트
이기도 하고. 마법을 부리며 피아노를 쳐서 수연을 영원의 시
간으로 데려다주기도 하고, 이렇게 편하게 양탄자 여행도 시
켜 주다니. 그는 피아노 마법사인 게 틀림없다. 지니는 마술
램프가 필요하지만 인하는 피아노만 있으면 되는 것 같다. 노
래를 다 부르고 난 뒤 인하는 수연을 바라보았다. 피아노소리
도 멈췄다. 하지만 양탄자는 아직 하늘을 날고 있었다. 수연은
양탄자에서 내려오지 않았다. 피아노 대신 인하의 눈빛이 양
탄자를 공중에 띄우고 있었다. 어떻게 저렇게 따뜻한 눈빛을
할 수 있을까? 인하의 눈빛은 촛불 같다. 따뜻한 주홍빛으로
여기 이곳을, 그리고 수연의 마음을 밝히고 있었다. 인하의 눈
빛을 마주 바라보던 수연은 그 빛과 닮은 것을 자신도 선물할
수 있다는 것을 깨달았다. 성반. 가방 속에는 성반이 있다. 수
연은 서둘러 양탄자에서 내려왔다. 깜짝 놀란 양탄자는 후루
룩 말려 사라졌다. 수연은 낡은 피아노와 형광등 불빛만 남은
초라한 연습실로 되돌아왔다. 하지만 이번엔 수연이 마술을
부릴 차례다. 어리둥절해하는 인하에게 포장된 성반을 가방에
서 꺼내어 내밀었다. 인하는 뜻밖이라는 듯 성반을 받아들었
다. 꽤 요란하게 부스럭거리는 종이 포장지를 다 뜯고 나니 금
빛 찬란한 성반이 모습을 드러냈다. 그것은 인하의 눈빛 못지
않게 신성한 광휘를 뿜어냈다. 인하는 성반을 바라보다 수연
의 눈을 보았다. 그 눈은 이게 뭐냐고 묻고 있었다. 성반이라

고, 수연도 눈으로 대답해 주었다. 알아들었는지 못 알아들었는지, 인하는 그것을 살짝 높이 들어 올렸다. 살짝 어른거리는 무지개를 수연도 인하도 보았다. 인하는 더 묻지 않는다. 왕자님답다. 피아노 치는 왕자님. 백마는 없는 것 같지만 대신 마술 양탄자를 태워 줄 수 있는 피아노 치는 왕자님.

인하가 손수건을 꺼냈다. 건네주어야 할지, 얼굴을 닦아 주어야 할지, 고민하는 것 같았다. 수연은 가만히 기다렸다. 인하는 몇 번이나 손끝으로 손수건을 접었다 폈다 하더니, 결심한 듯 손수건을 모로 쥐고 수연의 눈가를 닦아 주었다. 다시 눈물이 솟아오르려 했으나 미소가 지어졌다.

"춥지 않아요?"

수연이 살짝 고개를 끄덕이자 인하가 서두르듯 피아노 뚜껑을 닫았다.

"내 자취방에 갈래요? 좋진 않지만 커피 한 잔은 대접할 수 있어요."

대답 대신 수연은 웃어 주었다. 이 순간에 커피라니…… 생각만 해도 따스하다. 아닌 게 아니라, 돌 벽에서 한기를 뿜어내는 연습실은 바깥보다 더 추운 것 같았다. 인하와 수연은 차갑고 어두운 연습실을 나왔다. 흐린 하늘이 눈을 머금고 있었다. 인하는 자기가 두르고 있던 목도리를 풀러 수연에게 감아 주었다. 따뜻한 인하의 냄새가 수연을 감싸 주었다.

수연이 나간 뒤, 라파엘 신부는 그대로 의자에 주저앉았다. 쓰라려 왔다. 찢겨져 너덜거리는 자신의 심장이 망막에 떠올랐다. 손가락 사이로 무언가 빠져나가고 있었다. 나는 뭐라고 말한 걸까? 사실은 밤마다 수단을 벗고 다시 의사가 되어 수연과 결혼해 살고 싶은 꿈을 꾼다고 얘기했었나? 사실은 작고 귀여운 수연의 몸속으로 들어가고 싶다고, 가끔은 견딜 수 없노라고, 이렇게 낮에 말고 밤에 몰래 찾아와 달라고 얘기했었나? 난 무슨 말을 했을까? 라파엘 신부는 시간을 하나하나 뒤로 돌려 보았다. 수연이 하얗게 질려 나가던 모습. 내가 뭐라고 했던 것 같은데……. 수연은 선물을 준다고 했었다……. 그리고 나는 수단을 벗고 있었지. 파면시키겠다고 했던가? 무엇 때문에……? 사랑스러워서? 두려워서? 수연의 아름다움이 두렵다. 다시 희망을 품게 하는 아름다움. 다시 남들처럼 평화로운 행복을 누릴 수 있다는 희망을 주는 사랑스러움. 이 모든 피곤한 짓들을 그만두고, 수연과 누워서 그저 하늘이나 바라보았으면 좋겠다는 생각. 같이 나무와 소곤거려 보았으면. 그러다 나무 밑에 앉아 책이나 보았으면. 풀꽃이 가득 핀 길을 바람이나 맞으며 같이 걸었으면. 눈물이 쏟아질 것 같았다. 윤희를 떠올릴 때와는 다른 종류의 눈물이었다. 아니, 차라리 잘됐다. 나는 수연에게 해 줄 게 아무것도 없다. 지금 이렇게 수연을 잃어버리는 것이 수연에게도 나에게도 좋은 일이다. 다시는…… 누구도 그런 식으로…… 죽음을 통해 잃고 싶지 않다. 어쨌든 수연은 지금 살아 있지 않은가. 충분하다. 괜찮다. 살아 있다면 어디서건 만날 수 있다. 우연이든, 꿈에서든. 꿈속에서라도 죽은 사람을 만나는 건 너무 슬픈 일이었다. 그들은 아무 말도 하지 않는다. 그저 종현을 바라볼 뿐이었다. 푸르스름한, 섬뜩한 눈빛으로. 그러나 수연은 달랐다. 프로이드적 해석에 따르면 결국 라파엘 신부의 욕망의 투사이겠으나, 그는 수연의 작은 손짓 하나까지도 느낄 수 있었다. 그녀는 말하고 있고, 웃음소리조차 생생하다. 꿈결에서조차 수연의 손은 따뜻하다. 그러나 윤희의 파리한 손길은 허공에서 흔들리다 사라질 뿐이다. 죽은 자는 꿈속에서도 말하지 못하는가. 돌이켜보면 서글픈 일이었다. 누가 뭐라고 해도 살아 있다는 것은 더 좋은 것이다. 스스로를 위로하던 라파엘 신부는 한숨을 내쉬었다. 그래도 들어와서 같이 차라도 한 잔 나누었으면 좋았을 텐데, 라는 아쉬움이 사무치게 드는 건 라파엘 신부도 어쩔 수 없었다. 안아 주진 못해도 따뜻한 차 한 잔이라도 대접했으면 좋았을 것을. 내 작은 파랑새를 그렇게 모질게 날려 버리다니. 라파엘 신부는 차를 끓이기 시작했다. 잃어버린 파랑새를 위해 찻잔을 또 하나 꺼냈다. 어디로 갔을까? 저렇게 바람이 부는데. 라파엘 신부는 마주한 의자 앞 탁자 위에 파랑새의 몫으로 찻잔을 놓고 차를 따랐다. 검붉게 우러난 루이보스차를 바라보며, 수연도 어디서건 이 차를 마실 수 있기를 기도했다.

수연을 어이없이 잃어버린 아픔 때문이었을까. 그날 밤 라파엘 신부는 푸른 어둠 속에서 생생히 의식만 눈뜬 상태에서, 기괴한 꿈속에서 헤어나지 못하고 허우적거려야 했다. 죄어드는 올가미는 숨통을 끊어놓고 말겠다는 듯 어깨와 다리를 내리누르고 있었다. 아, 제발 손가락 하나라도 움직일 수만 있다면……. 라파엘 신부는 몸을 뒤틀려 애를 썼다. 그러나 뒤틀려는 생각뿐, 이 보이지 않는 형체의 무게에 눌려 꼼짝도 할 수가 없다. 질량과 무게. 물체의 부피와 무게. 질량의 법칙. 어릴 적 배운 단순한 사실들을 기억하려 애썼다. 도대체 이 보이지 않는 것의 무게는 무엇일까? 이를 악물었다. 얼굴을 돌려 보려 애썼으나 허사였다. 악다문 이로 인해 목에서 핏대 한 줄기가 튀어나올 듯 불거지고 있었다. 제발, 제발……. 그러나 몸은 점점 수렁으로 빠져들며 또 다른 꿈이 펼쳐졌다. 하얀 철문을 열고 남자 하나가 나온다. 초록색 옷을 입고 있다. 안경알이 번득인다. 뚫어져라 노려보던 그는 한 마디를 던지고 돌아선다.

"남자아이였습니다."

'남자아이였습니다?' 무슨 말인지 몰라 의아해 하던 라파엘 신부는 순간 깨닫는다. 동시에 땅은 허공으로 바뀌고, 발밑에 있던 나무 사다리가 줄이 끊긴 채 와르르 무너지기 시작한다. 허공에서 허우적거리던 라파엘 신부는 외마디 소리를 지르며 벌떡 일어났다. 헉. 헉. 헉. 헉.

밤이다. 검은 어둠. 그 어둠 속에서도 옷걸이에 걸어놓은 수단이 보인다. 검게 비치는 거울, 옷장, 탁자가 눈에 들어왔다. 심장이 팍 팍 팍 튀어 튕겨져 나올 것 같다.

　'남자아이였습니다.' 깊은 슬픔이 목구멍에서 솟아 올라왔다. 슬픔은 콧속으로, 눈 속으로 비집고 나오려 했다. 아니, 절대로. 넌 비집고 나와선 안 돼. 이렇게 쉽게 비집고 나올 수는 없어. 넌 분노로 바뀌고 응어리져 자라서 내가 끝까지 신을 심문할 수 있도록 버팀목이 돼야 해. 왜 꼭 그래야 했는지, 왜 그럴 수밖에 없었는지, 납득할 만한 이유를 들을 수 있을 때까지 넌 응어리로 남아야 해. 라파엘 신부는 자리에서 일어섰다. 침대 옆 커튼을 젖혔다. 짙푸른 어둠. 덜덜 떨리는 몸을 분노라는 목발로 일으켜 세우고 휘청휘청 걸어 탁자 앞까지 걸어왔다. 젖힌 커튼 사이로 밤하늘이 들어와 어슴푸레 방 안을 밝혀 주었다. 시계를 집어 들었다. 2시. 2시다. 다시 한숨을 내쉰다. 아직 시간이 있다. 사제로서의 삶은 새벽 4시에 시작된다. 두 시간 동안은 나의 시간이다. 세수라도 해야 할 것 같다. 목덜미에서 땀이 찐득거렸다. 어른 하나 겨우 들어갈 것 같은 작은 화장실. 낡은 세면대에 물을 받았다. 찬물은 성수처럼 어두운 꿈의 찌꺼기를 씻어냈다. 수건으로 얼굴을 닦고 거울을 보았다. 오렌지색 불빛 아래에 날렵한 젊은 남자가 보였다. 길고 검은 속눈썹, 오뚝한 코, 둥글면서 초리가 길게 드리워진 눈, 도드라진 붉은 입술. 어려서부터 예쁘다는 소리를 들었지. 예쁜 남자. 천사 같은 남자. 그러나 지금 거울에 비친 저 모습,

땀과 물에 젖은 머리와 하얗게 질린 얼굴은 예쁘다기보다 귀기를 띠고 있었다.

'남자아이였습니다.'

심장에서 다시 그 목소리가 들려왔다. 여러 가지 목소리가 한데 뒤섞여 웅얼웅얼 들려오기 시작했다. 머리와 마음속의 안테나를 고정시켰다.

"꼭 할 말이 있어요." 얼굴은 보이지 않고 수화기에서 들려오는 목소리.

"이번 수술을 마치고 세미나도 끝내면 시간이 좀 날 거야. 내가 서울로 갈게."

"아니에요. 나도 좀 쉴 겸 춘천에 내려가보고 싶어요. 종현 씨도 보고. 저, 할 얘기가 있어요."

"무슨 얘긴데 그래? 두 달 전부터 할 얘기 있다던 거, 그거야?"

"예. 내가 갈게요. 춘천, 지금 아름답지 않은가요?"

"몰라. 병원에만 있느라 아름다운지 어떤지, 나도 몰라."

"창밖이라도 좀 봐요…… 호호…….”

그렇게 웃었었다. 윤희. 그렇게 웃으며 할 얘기가 있다고, 찾아오겠다고 고집을 부렸었다. 레지던트로 일하는 것은 쉽지 않았다. 이제야 진짜 의사가 된 것 같아 뿌듯하기도 했고 일도 재미도 있었지만, 도무지 시간을 낼 수가 없었다. 일단 병원에 들어서서 가운을 입으면 그날 하루가 어떻게 흘러갔는지, 내가 점심을 먹었는지 굶었는지조차도 구분을 못 할 때가 허다했다. 윤희와는 결혼을 앞두고 있었지만 얼굴도 못 본 지가 두 달도 더 되었다. 같이 결혼식장 예약을 하고 나오면서 커피를 한 잔 하고, 바쁘게 춘천으로 온 뒤에 전화만으로 안부를 전했다. 연애도 계속 그런 식이었다. 미안했다. 그래도 투정 한 번 않는 윤희였다. 그런데 유독 요즘 와서 할 얘기가 있다며 만나자고 졸랐다. 윤희는 자꾸만 춘천에 있는 병원에 오겠다며 고집을 부렸다. 와도 오래 상대해 줄 수 있는 게 아니어서 그냥 서울에 있으라고, 내가 곧 찾아가겠다고 해도 괜찮으니 오겠다고 떼를 쓰다시피 했다. 할 얘기가 있다고. 꼭 만나서 할 얘기가 있다고. 전화로 몇 번을 물어보던 종현도 포기하고, 하고 싶은 대로 하라고 대답해 주었다. 라파엘 신부의 목에 다시 핏대가 두드러졌다. 오지 말라고 했었다면. 그때, 오지 말라고. 턱 끝에서 핏줄기가 파닥거렸다.

창밖의 목련꽃이 툭툭 떨어지는 것을 보며 휴게실에 앉아 모처럼 동기들과 시시덕거리며 쉬고 있을 때였다. 방송에서 다급한 목소리가 울렸다. ○○○과 이종현 선생님, 빨리 응급실로 와 주시기 바랍니다. 이종현 선생님, 응급실로 와 주시기 바랍니다……. 무슨 사고가 났나? 왜 이리 인기가 많은지 모르겠다고 너스레를 떨며 응급실로 향했다. 응급실 입구에서 김선배와 마주쳤다. 눈인사나 하려고 지나가려던 종현을 무거운 목소리로 붙잡았다.

"박윤희 씨 알아? 종현 씨를 찾던데?"

"예? 윤희요?"

"교통사고를 당했어. 마주오던 트럭하고 정면으로 부딪쳤어. 트럭 운전사가 졸음운전을 한 모양이야. 혼수상태인데 계속 종현 씨만 찾아."

공백. 정지. 그것은 어둠도 아니었다. 그저 허옇게 빈 허공에서 시간이 멈추었다. 윤희는 이미 수술실로 들어가고 없었다. 아무나 붙잡고 협박하듯 해서 윤희가 들어간 수술실을 찾았다. 수술실 문을 열었다. 환자는 가려져 안 보이고, 한편으로는 뻘겋게 피칠갑이 된, 피 묻지 않은 구석은 피가 뭐냐는 듯 하얗게 빛나는 시트만 눈에 들어왔다. 시트는 반 이상 시뻘겋게 적셔진 채 그 끝에서 뚝뚝 핏물을 흘리고 있었다.

"나가 계세요."

"선생님, 나가 계세요."

간호사의 날카로운 목소리. 허옇게 뜬 윤희의 얼굴. 얼핏 본 윤희는 죽어가고 있었다. 과다출혈. 도대체 어디서 흐르는 건지 끝도 없이 피가 흐르고 있었다.

"나가 계세요."

다리 사이로 뭉클거리는 것이 보였다. 장이 파열된 것일까? 누군가가 피로 범벅이 된 뭉클거리는 것에 붙은 긴 핏줄 같은 것을 잡아당겼다.

"나가 계세요. 환자가 전염될 수 있습니다."

종현은 밖으로 나왔다. 괜찮아. 괜찮아. 의학이 얼마나 발달했는데……. 반쪽 뇌가 다 깨진 사람도 살리는 세상이다. 살 수 있다. 하지만 종현은 이미 알고 있었다. 하느님. 기도도 나오지 않았다. 주기도문도, 아무것도 생각나는 것이 없었다. 괜찮아…….

얼마나 지났을까. 마스크를 벗지도 않은 채 과장님이 나오셨다. 평소에 종현에게 워낙 자상한 분이라 뭐라 말해 줄 것으로 기대했지만 얼굴도 돌리지 않은 채 가 버렸다. 나를 못 본 걸까? 간호사가 나왔다. 그녀 역시 종현이 없는 존재인 듯 사라지려고 했다. 그녀를 막아섰다. 눈길도 안 주던 간호사가 소리 지르듯 내질렀다.

"이미 출혈이 너무 심한 상태였어요."

그녀는 더 물어볼 겨를도 주지 않고 가 버렸다. 레지던트 두 명이 같이 나왔다. 잘 모르는 한 명은 휑하니 사라져 버렸고, 동기생인 나머지 하나가 종현을 노려보았다.

"어쩔 수 없었어. 이미……."

목구멍에서 거대한 덩어리가 치받쳐 오르려 했다. 그는 돌아서다가 다시 몸을 돌려 종현을 바라보았다. 한참을 노려보던 그는 이 끝을 짓누르듯 씹다가 내뱉었다.

"남자애인 것 같더라."

'남자애?'

라파엘 신부는 다시 허공을 노려보듯 눈을 부릅떴다.

재미있으십니까?
인간들이 이렇게 버둥거리며 사는 모습이.
그 위에서 내려다보는 당신의
낄낄거리는 웃음소리가 들립니다.
보기에 좋으십니까?
저의 이 핏발 선 눈동자가
고통으로 일그러진 이 얼굴이
보기에 좋으십니까?
핏덩어리를 쏟아내고 허옇게 메말라 죽어가던
윤희의 몸뚱어리가.
제가 언제 아들을 원했었습니까?
당신은 바라지도 않은 아들을 주시고
제가 기뻐할 겨를도 없이
시뻘겋게 물컹거리는 피칠갑 덩어리로
그 모습을 보여주셨습니다.
후…… 후…… 제가 미치기를 원하시는 겁니까?
아니면 미치나 안 미치나 실험하고 싶으셨습니까?
잔인함이 당신의 근본입니까?

무고한 죽음과 흥건히 흐르는 순결한 피가
당신이 좋아하는 제물입니까?
당신은 누구십니까?

라파엘 신부는 다시 창가로 갔다. 어둠 속에서 거대한 나무
는 사방으로 가지를 뻗고서 주문이라도 외우는 듯 바람에 흔
들리며 서 있었다.

이곳에 부임한 지 얼마 안 됐을 때, 첫 미사를 드리고 난 후
라파엘 신부는 한시름 놓고 편안한 마음으로 앉아 차를 마시
고 있었다. 루이보스. 어머니가 좋아하시던 차였지. 어려서부
터 얻어 마시던 그 차의 맛은 결국 평생을 떨칠 수 없는 기호
품이 되어 버렸다. 가볍고 상쾌한 마음으로 무언가를 새로 시
작한다는 것에 대해 음미하면서 곁들여 마시는 루이보스차는
첨가된 베르가못향으로 더욱 깔끔한 기분을 돋워 주었다. 무
심함을 즐기며 문득 시선을 창밖으로 돌린 라파엘 신부는 갑
자기 심장이 멎는 듯한 고통을 느꼈다. 성당 마당을 뒤덮은 나
뭇가지 사이로 그 나무를 안고 있는 여자가 보였던 것이다. 윤
희? 저런 짓을 할 사람은 윤희밖에 없었다. 하지만 그럴 리가
없다. 여자는 윤희처럼 자그마했다. 긴 뒷머리만 보이는 작은
여자는 영락없는 윤희의 뒷모습을 하고 있었다. 라파엘 신부
는 의자에서 일어나 더 자세히 보려고 창에 코끝을 대고 섰다.

누굴까? 분명 윤희가 아닌 걸 알면서도 가슴은 쿵덕거리며 아프게 죄어왔다. 여자가 자연스럽게 고개를 돌려 성모상을 향했다. 윤희처럼 예쁘지는 않았다. 하지만 다시 나무에 손을 대고 무언가 속삭이는 듯한 모습은 영락없이 윤희였다. 가슴이 아프기도 하고 기쁘기도 했다. 윤희 같은 여자가 또 있구나. 누굴까. 궁금함을 참고 라파엘 신부는 다시 그녀를 볼 수 있길 바랐다. 하지만 알아보려고 노력하지 않아도 그녀가 누구인지는 의외로 쉽게 알아낼 수 있었다. 주일학교 교사들 모임에 잠깐 참석한 라파엘 신부는 그 앞에서 서성거리던 그녀를 볼 수 있었다. 그녀는 주일학교 교사 중 하나인 지호를 붙잡고 뭐라 뭐라 하더니, 봉지에 담긴 것을 주고는 가 버린 것이다. 회합이 끝날 무렵 지호는 여동생이 어머님 심부름으로 가져왔다며 떡을 내놓았다. 그 어머님은 제의실에서 봉사하신다고 했다. 여러 사람들의 말이 뒤섞여 오간 끝에 그녀의 이름이 수연이라는 것, 서울 모 공립대학교에서 영문학을 전공한다는 것 등을 알 수 있었다. 그 이후에도 아무도 없는 성당 마당에서 나무를 붙잡고 소곤거리는 수연을, 라파엘 신부는 창 너머로 내려다볼 수 있었다. 기억 속에서 잠들었던 윤희의 싱그러운 모습은 종현을 행복하게 해 주었다. 정확히 말하자면 윤희가 아니지만, 그때마다 라파엘 신부는 비밀 서랍 속에 넣어두었던 의사면허증을 꺼내어 만지작거렸다. 의사. 다시 의사가 되어 결혼을 하고, 아이도 낳고…… 안 될 이유는 없지 않은가. 세상 사람들이 욕 좀 한다고 그게 무슨 대수겠는가. 교회, 신자들의 비난. 아니, 두렵지 않다. 다시는 교회에 발끝도 디밀지 못한다 해도 두렵지 않다. 그러나…… 만약…… 또 누가 죽기라도 한다면……. 면사포를 쓴 수연의 환영이 눈앞에 어른거렸다. 그리고 그 위로 피칠갑을 한 채 시트에 누워 있던 윤희가 겹쳤다. 라파엘 신부의 눈은 순식간에 빨갛게 충혈되었다. 라파엘 신부는 신경질적으로 커튼을 쳤다. 마치 보름달 밑에서 늑대인간이 탈바꿈하려는 듯, 하얀 손등에 핏줄기가 솟아올랐다. 얼굴은 붉게 달아오른 채, 눈썹과 눈동자는 새카만 빛을 띠기 시작했다. 또 죽는다면. 또 내 눈앞에서 어린 핏덩이가 뭉실뭉실 뭉그러진 채 쓰레기통 속으로 던져진다면. 아내와 아들의 피로 흥건한 시트를 1미터도 안 되는 거리에서 망연히 바라보고만 있어야 한다면. 집요하게 핏물이 뚝뚝 떨어지던 시트의 끝자락이 머릿속을 떠나지 않았다. 생명의 물은 있어야 할 곳에 있지 않고 함부로 아무 곳에나 고여 너무도 추악하고 역겹게 버려지고 있었다. 내 아내와 아들의 피가.

라파엘 신부는 의사면허증을 서랍 속에 넣었다. 찢고 싶은 생각도 없지 않았다. 하지만 라파엘 신부가 의사가 된 건 어머니의 오랜 바람이고 희망이고 기쁨이었다. 가운을 벗고 수단으로 바꿔 입었지만 다급할 땐 의사 노릇을 해야 할 때도 있었고, 어머니의 자부심은 여전히 유효한 것이었다. 어머니. 그래도 어머니가 살아 있다. 코끝이 아려 왔다. 그때 죽지 않은 건

순전히 어머니 때문이었다. 윤희의 부모님은 그날 이후, 뵐 때마다 다시는 찾아올 것 없다고 간절히 당부하다시피 하셨다. 윤희는 외동딸이었다. 꽃처럼 키운 딸이 결혼식을 앞둔 채 주검으로 누워 있는 것을 보고는, 어머님은 그 자리에서 기절을 하시고 말았다. 그 와중에도 종현에게 누가 또 죽는다는 압박감은 너무나 두려운 것이었다. 그것은 윤희의 죽음만큼 두려웠다. 다시 정신을 차리시긴 했어도 어머님은 반신불수가 되어 목이 반쯤 기울고 혀가 굳었다. 아버님은 그 이후로 말할 줄 모르는 사람처럼 사셨다. 두 분은 바위처럼 굳어갔다. 사는 게 모진 일이었다. 사제 서품을 받은 후 마지막으로 찾아뵀을 때, 오래된 나무처럼 늙고 병든 두 분은 엷은 미소를 지어주셨다. 두 분의 눈 속에는 윤희에 대한 그리움과 겹치는 종현에 대한 그리움, 있었을지도 모르는 손자, 손녀들에 대한 그리움, 그리고 그 모든 것이 꿈이라는 허망함이 빛나고 있었다. 두 분을 볼 때마다 윤희와 함께 죽지 못한 것을 후회하다가도, 살아서 양가 부모님을 위해 기도라도 해야 하지 않을까 하는 변명이 항상 교차했다. 그러나 결정적으로 살아야겠다고 생각한 건 어머니 때문이었다. 어머니를 버릴 수는 없다. 차마 어머니를 버릴 수는 없다. 자살이라도 한다면 그야말로 어머니에게 연자 맷돌을 달아 생지옥으로 떠미는 꼴이 될 것이 너무도 빤하기 때문이었다. 사제 서품식에서 어머니는 오래도록 울고 계셨다. 그날 밤, 어머니께서는 그날 이후 한 번도 꺼내지 않던 이름을 꺼내셨다.

"오늘따라 왜 그렇게 그 애가 보고 싶은지…… 모르겠다. 윤희가 너무너무 보고 싶구나."

어머니는 말을 끝마치기도 전에 눈물을 왈칵 쏟아내시고는 또 한참을 우셨다.

윤희. 시간은 무섭다. 종현은 시간이 가장 무서웠다. 모든 걸 잊게 만들고 사라지게 만드는 시간이. 절대로, 절대로 잊을 수 없을 것 같던 윤희도, 그 핏덩이 아이도 잊혀 갔다.

라파엘 신부는 다시 창가의 커튼을 젖혔다. 나무는 바람을 맞아 흔들리고 있었다. 가지가 많은 이 오래된 나무는 머리 위로 뻗은 가지가 흔들릴 때마다 서걱서걱 소리를 냈다. 그 사이사이로 바람이 날고 있었다. 바람은 나뭇가지마다 조금씩 남은 눈을 흩날리며 유희를 즐겼다. 어둠 속에서도 나무와 바람과 눈은 조용한 놀이를 하고 있는 것 같다. 이렇게 어두워도 곧 새벽이 올 것이고, 봄이 올 것이다. 라파엘 신부는 잠시 서서 수연의 행복과 평화를 위해 기도드렸다. 행복하게 결혼하기를, 그리고 건강하고 아름다운 아들을 얻기를. 윤희가 가지지 못한 것을 수연은 꼭 누릴 수 있기를.

인하의 자취방은 작았다. 학교에서 멀리 떨어지지 않아 금방 갈 수 있었다. 막연히 한참을 걸어야 하나보다 생각하고 있던 탓에, 인하가 "여기에요" 하고 말했을 때는 이유 없이 놀랐다.

서울에 이런 곳이 있을까 싶게 남루하고 썰렁한 집이었다. 그
래도 방에 들어가자 따뜻한 온기를 느낄 수 있었다. 인하는 따
뜻한 담요 아래 자리를 권했다. 앉은뱅이 나무 책상. 그 위로
작곡법, 화성학, 음악 윤리학 등 전공 서적인 듯한 책들이 듬
성듬성 비뚜름하게 누워 있었다. 그 반대편에는 반질반질 윤
이 나는 검은 피아노가 관처럼 놓여 있었다. 인하는 묻지도 않
고 토스터기를 꺼내 놓고는 빵을 꺼내 집어넣었다. 궁금해 하
는 수연의 시선을 모른 척하면서 잼을 꺼내고, 물을 끓이고,
종이컵 두 개를 나란히 꺼내 놓았다. 부스럭거리더니 일회용
으로 포장된 커피를 꺼내 차례로 컵에 따랐다. 커피 물이 끓기
전에 빵이 튀어 올랐다. 배고프다고 느끼지는 않았었지만, 갓
구워낸 빵이 튀어 오르자 입에 군침이 돌았다. 인하는 수연을
쳐다보고 씩 웃더니 물었다.

“잼 발라 줄까요, 아니면 그냥?”

“발라 주세요.”

비록 구운 빵에 흔한 딸기잼을 바른 토스트였지만, 수연에게
는 이제껏 먹어본 적이 없는 최고로 맛있는 음식인 것 같았다.
잘 구워진 빵은 입 안에서 바삭거리며 부서졌다. 엄마는 샌드
위치를 만들 때 빵을 굽지 않는다. 엄마가 만들어 준 샌드위치
가 제일 맛있는 줄 알았는데…… 구운 식빵이 이렇게 맛있구
나. 그 씹히는 질감은 아주 낯선, 뜻밖의 기쁨이었다. 이미 비
율이 맞춰져 나온 인스턴트커피를 타면서도 인하는 조심스럽

게 물을 따랐다. 수연이 얼핏 웃었는지, 인하는 물을 따르다 말고 쳐다보았다.

"물 비율이 얼마나 중요한데요."

인하는 제법 심각한 표정으로 자신의 행동을 설명했다.

"빵이 이렇게 맛있는 것인 줄 몰랐는데요!"

수연이 하고 싶은 말을 인하가 했다.

"혼자 먹을 때만 빵을 먹거든요. 나가서 친구들과 밥 사먹을 때가 제일 좋았는데……. 수연 씨랑 먹으니까 빵도 너무 고소하고 커피도 진짜 맛있고…… 좋네요."

수연이 하고 싶은 말을 인하가 다 해 버렸기 때문에 할 말이 없었다. 그냥 빙긋 웃고 맛있게 먹는 수밖에. 수연이 맛있게 먹는 모습에 신이 났는지, 인하는 열심히 빵을 구워냈다. 잊을 만하면 통통 튀어 오르는 빵들이 카메오처럼 등장하여 인하와 수연의 무대에 웃음을 던지곤 했다. 커피는 맛있었다. 달콤한 빵을 씹다가 한 모금 마시는 커피는 쓸쓸하면서도 풍부한 고소함을 주었다. 그리고 무엇보다도 따뜻했다. 배가 불러 더 이상 빵을 먹을 수 없게 될 무렵, 수연은 아까부터 방바닥에서 뒹굴던 책을 집어 들었다. 아주 작은, 책이라기보다 수첩에 가까운 작은 책이었다. ≪베토벤의 생애와 음악≫. 로맹 롤랑이 쓴 작지만 유명한 책이다. 오빠도 이 책을 가지고 있다. 오빠 책을 대충 훑어보기만 했을 뿐, 수연은 읽진 않았다. 그런데 오빠 책의 표지는 상아빛에 가까운 노란색인데 이것은 짙은 남색이다. 가격도 1300원 가량 차이가 났다. 인하의 책은 매우 오래된 것인 듯했다.

"제가 늘 곁에 두고 보는 책이에요."

"그래요?"

"예……. 여기 한번 보실래요?"

인하가 펼쳐 준 곳은 머리말 부분이었다. 로맹 롤랑이 독자에게 편지로 쓴 듯한 글이었다.

수연은 파란 색연필로 줄 쳐진 곳을 눈으로 읽었다.

인격이 위대하지 못한 곳에 위대한 인물, 위대한 예술가, 위대한 행동가는 없다. 다만 비속한 대중이 받드는 공허한 우상이 있을 따름이다. 시간이 그들을 모조리 소멸시킨다. 우리에게는 성공이 아니라 참으로 위대함이 중요한 것이요, 위대해 보인다는 것은 문제되지 않는다.

시간이 그들을 모조리 소멸시킨다……. 무서운 말이라고 생각했다. 인하는 수연의 생각을 아는 건지 모르는 건지, 애매한 말을 했다.

"제 꿈이에요. 시간 속에서 소멸하지 않는 것. 그게 제 꿈이에요."

인하의 얼굴을 쳐다보았다. 안경을 쓴 옆얼굴은 기묘하게도 오랜 고난을 지나 온 어린이의 얼굴과 같은 느낌을 주었다. 불멸. 그의 꿈은 불멸인가? 인간이 불멸한다는 것이 가능한가? 수연은 좀 더 어렸을 때, 불멸이라는 말뜻도 모르면서 무조건 그것이 가능하다고 믿었다. 당시 보좌신부님으로 계시던 안드레아 신부님은 미사를 마치면서 항상,

주께서는
불멸을 희망하며 여기 모인
모든 이들과 함께 하소서.

……라는 기도로 미사를 마치곤 하셨다. 신부님이 곧 예수님이라고 믿었던 그때, 불멸은 당연히 주어지는 어떤 것이라고 믿었다. 하지만 아버지가 돌아가셨을 무렵에는 아버지가 사업 때문에 빌린 은행 대출금과 병 치료를 위해 이리저리 마련한 빚 독촉이 빗발치면서 불멸이고 뭐고 생각할 겨를조차 없도록 만들었다. 아버지의 죽음이 정말 신부님이 말씀하신 대로 새로운 부활인지, 천국으로 가는 과정이었는지 의문을 가지기도 전에, 떼로 몰려들어 내 돈 내놓으라는 빚쟁이들 때문에 집부터 팔아야 했다. 엄마는 눈물 한 방울 흘리지 않고 보라는 듯 빚부터 정리했다. 한 살 두 살 나이가 먹을수록, 그 당시 엄마의 심정이 어땠을까를 생각해 보면 가슴이 쓰라려 왔다. 넓진 않아도 친구들이 많았던 아파트에서 후미진 골목 구석에 자리한 방 두 칸짜리 집으로 이사 왔을 때, 수연은 그냥 좁구나 생

각했을 뿐이었다. 오빠는, 아버지가 계실 때도 그랬지만, 아버지가 돌아가신 뒤에는 더더욱 엄마 말을 한 마디 거스르는 법도 없이 잘 듣고, 엄마 곁에 있어 주었다. 이사 온 그날도 엄마가 하라는 대로, 원하는 대로 가구를 옮기고, 화분을 들이고, 청소를 거들었다. 오빠는 엄마가 부탁하는 대로 다 해냈다. 공부도 잘해서 장학금을 받아 대학을 갔고, 아르바이트를 해서 용돈을 벌고, 친구들과 술을 마셔도 자정을 넘기는 법이 없었다. 아빠의 불멸은 이런 것일까? 고통. 겉보기로는 집안이 풍비박산 난 것 같았지만, 엄마에 대한 오빠의 순종은 성스럽기까지 해 오히려 고난이 오빠를 성숙시키고 있는 것 같이 여겨졌다. 엄마는 오히려 평온해 보였다. 수연이 보기에도 오빠는 이상하리만치 잘해내서 불안스러워 보였다. 저러다 어느 날 갑자기 집을 나가 버리는 건 아닐까. 아니면 나가서 무슨 괴상한 짓을 하고 다니는 건 아니겠지……. 하지만 집 안에는 분명 이전에 없던 조용한 평화가 있었다. 그것이 아빠가 남긴 유산일까? 수연은 입 밖으로 내지는 않았지만 아빠를 원망하고 있었다. 돌아가시기 몇 년 전부터 엄마와 아빠는 자주 싸웠다. 엄마가 말리는 사업을 벌이는 것 같기도 하고, 형편이 어려워진 아빠 친구에게 돈을 빌려주는 것 같기도 했다. 함부로 물어볼 수가 없어서 자세한 내막이야 모르지만, 두 분 사이에 오가는 얘기를 모아 조립해서 내린 결론이었다. 수연이 피아노를 배우겠다고 떼쓸 무렵이 그때이기도 했다. 아빠는 왜 친구에게는 그렇게 많은 돈을 빌려줄 수 있으면서 내가 피아노를 배우는 데 드는 몇 만 원은 줄 수 없었을까, 라는 의문은 아직도 풀지 못한 응어리로 남아 있다. 아빠가 우리에게 남겨 준 것은 고통뿐이었다. 다만 엄마와 오빠 덕분에 수연은 크게 상처받지 않고 자랄 수 있었다. 끼니때마다 별다른 반찬은 없어도 꼭 따뜻한 새 밥을 지어 먹던 기억, 엄마가 부탁해서 아는 이웃 언니들에게서 물려받은 예쁜 옷들, 낡은 것이나마 꼭 다림질하느라 아침마다 늘 바쁘던 엄마. 수연의 방은 가구 하나 변변한 건 없어도 언제나 물걸레로 말끔히 닦여 있었다. 엄마는 아침저녁으로 수연의 방을 닦아 주었다. 이 모든 것들이 보이지 않는 보호막이 되어 수연을 맑고 착하게 키워 주었다. 이 모든 것이 아빠의 불멸의 또 다른 모습일까? 인하는 어떤 불멸을 원하는 걸까?

"인하 씨 부모님은 시골에 사세요?"

인하가 자취방에서 혼자 있기에 그냥 물어본 말이었다. 하지만 인하는 글자 그대로 얼굴이 흙빛이 되었다. 무섭게 변한 얼굴. 그러나 수연이 놀라는 눈치를 보이자 평정을 되찾으려고 애쓰는 듯했다. 수연은 살얼음판 위에서 멈춰선 것처럼 어찌해야 좋을지 몰랐다.

'그게 그렇게 이상한 말이었나?'

"돌아가셨어요. 두 분 다."

인하의 가슴에서 비어져 나오는 목소리를 들으며 수연은 밑으로 가라앉는 기분을 느꼈다.

"올해가 10년째인가 돼요. 벌써…… 10년이나 지났네요."

거의 냉정을 되찾은 것 같았지만 목소리 끝이 가늘게 떨려왔다. 인하는 일어나더니 피아노 있는 쪽으로 갔다. 인하가 피아노 앞에 섰을 때는 왠지 모습이 변하는 것 같이 느껴졌다. 그는 앉아서 피아노 뚜껑을 열었지만 치지는 않았다. 건반에 손만 올려놓고 치는 시늉을 했다.

"피아노 치는 거, 사람들이 싫어해요."

인하가 눈을 찡그리며 말했다. 수연은 웃음이 났다. 그냥 나처럼 잠들면 좋을 텐데…… 인하도 같은 생각을 하는 것 같았다. 둘은 눈웃음을 치며 반짝이는 눈빛을 주고받았다. 들리지 않는 피아노소리가 인하의 손가락 사이로 흘러나왔다. 소리 없는 피아노를 치는 인하는 죽을 도리밖에 없는 힘없는 순교자처럼 보였다. 비웃으며 잔인하게 자신을 휘두르는 운명에 맞서 싸우는 힘없는 순교자. 유일한 무기인 피아노조차 마음대로 치지 못하는 어린 순교자. 하지만 인하는 소리 나지 않는 피아노 치기를 멈추지 않았다. 인하는 자신이 치는 피아노소리를 듣고 있는 것처럼 보였다. 인하의 범상치 않은 손길로 인해 수연도 얼핏 소리를 느낄 수 있었다. 아무 소리도 나지 않는 피아노 위에서 힘이 넘치고 고요하게 흐르다가, 어떤 한 곳으로 향하는 열망이 인하의 손길에서 튀어 오르고 있었다. 창밖에는 바람이 제법 불고 있었다. 시도 때도 없이 날리는 헛헛

한 눈발이 아직 겨울임을 상기시키고 있었다.

"넌 아침에 성당 간다고 나가지 않았니? 지금 몇 시야?"

전화도 없이 저녁이 다 돼서야 들어온 딸을 보자마자 나무라기 시작하는 엄마의 목소리가 들렸다. 문득 수연은 엄마를 안아 주고 싶은 생각이 들었다. 엄마가 살아 있다니 얼마나 고마운 일인가. 맘속으로 원망이야 하지만, 살아 계셨다면 아빠에게도 고마웠을 것이다. 왜 피아노 학원도 안 보내 줬냐고 물어볼 수도 있을 것이고, 어두운 밤에 엄마 혼자 부엌 바닥에서 잠들지 않아도 될 것이다. 엄마는 수연하고 같이 자지 않았다. 당연히 오빠하고 자는 것도 아니었다. 아들과 딸에게 비좁으나마 방 하나씩을 내주고 가스레인지와 냉장고, 싱크대가 반 넘게 차지하고 있는 부엌 바닥에서 새우잠을 잤다. 물론 옆에는 성모상과 예수님 상이 있고, 초가 있는 제대상이 차려져 있었다. 새벽마다 일어나 기도하려면 마음 편하게 부스럭거릴 수 있어야 한다는 이유도 있었다.

"미안해, 엄마. 걱정했어?"

평소와 다르게 살갑게 굴자 엄마는 약간 뜨악해 하면서도 좋아하는 눈치였다.

"왜, 어디 좀 갔다 왔어?"

"음…… 좋은 데."

코맹맹이 소리가 저절로 섞여 나왔다. 좋은 데. 맞다. 정말 좋은 곳에 다녀왔다. 마법의 피아노소리를 타고, 피아노 치는 외로운 왕자님과 함께. 맛있는 딸기잼과 구운 빵과 따뜻한 커피가 있는 곳에.

"엄마, 내가 토스트 만들어 줄까? 배고프지?"

엄마는 계속 의아해하면서도 수연의 기쁨이 거짓이나 잘못된 무엇에서 비롯된 것이 아니라는 것을 느끼고는 같이 기뻐하고 있었다.

"토스트? 수연이가 엄마 토스트 만들어 주려고?"

"응. 기다려, 엄마. 내가 옷 갈아입고 나와서 맛있는 토스트 만들어 줄게."

엄마는 눈을 반짝이며 웃었다. 사는 게 별건가. 딸아이가 나를 위해서 맛난 토스트를 만들어 준다는데, 그것 말고 뭐 대단한 게 있을까. 아이들은 이렇게 사소한 것으로도 레지나를 천국으로 이끌어 주었다. 내 새끼들. 세상 천지에 누가 나 배고프다고 생각해 주고 미안하다 말해 주고 안아 주겠는가. 약물이 스며들듯 뿌듯한 사랑이 서서히 퍼져 나갔다. 남편이 사업이네 무슨 환경운동이네 하며 주구장창 밖으로만 나돌아도, 병까지 얻어 돈이란 돈은 다 쏟아 부어 내 치마 한 자락 맘대로 사본 적 없어도, 자식들이 한 번 웃어 주면 그게 좋아서…… 그것 하나로 근 30년을 버텨 왔다. 내 눈에서 피눈물이 쏟아져도 자식새끼 눈에서는 눈물 한 방울 빼지 않겠다는 일념으로 살아왔다. 하지만 그 신념을 사정없이 비웃기라도 하듯 남편은 빚만 떠안기고 저 세상으로 가 버렸다. 상중에 레지나를 위로하러 온 사람도 많았지만, 돈 받으러 온 사람도 결코 적지 않았다. 두 어린 것을 끌어안고 곡을 할 틈도 없었다. 자기도 살아야 한다고, 이런 얘기를 해서 안 됐지만 돈은 좀 꼭 갚아 달라고 조근조근 따져 가며 확약을 받고 간 사람은 그나마 점잖은 축에 속했다. 고래고래 소리를 질러가며 커다란 덩어리로 몰려들어서 으르렁거리던 모습이 눈에 선했다. 오냐, 내가 언제 호강하고 살았냐. 남편 복 없는 년이 세상에서 제일 더러운 년이라더라. 너희 돈, 내 다 갚아 주마. 내가 내 새끼들 보고 살았지, 언제 뭐 별거 보고 살았냐. 레지나는 집을 팔아 빚부터 정리하고 아이들과 싸구려 전세를 얻어 다시 살림을 꾸렸다. 나돌아 다니든 뭘 하든 남편이 있을 땐 내 집 살림을 했었는데, 조금이라도 늦으면 못 받을까봐 그러는지 남편이 죽자마자 눈에 불을 켜고 닥닥거리며 돈을 긁어가는 빚쟁이들 때문에 결국은 반 지하 전세를 얻은 것이다. 좀 더 빛이 드는 곳에 있고 싶었으나 사글세를 얻을 수는 없었다. 이사 온 첫날, 아무렇게나 놓인 짐 더미 위에 동그마니 앉아 있는 딸아이의 하얀 얼굴은 레지나의 가슴을 미어지게 했다. 눈물이 가슴 밑바닥에서 분수처럼 솟아오르는 걸 스스로 다독거렸다. 괜찮다. 내 새끼들 건강하게 잘 있는데 내가 뭐가 아쉽겠는가. 빚도 다 갚았고. 살면 되는 거다. 다시 살면 된다. 하지만 그렇게 모질게 마음을 다잡고 다잡아도 한밤중에 문득 잠이 깨면 눈물이 흘러 걷잡을 수가 없었다. 입 속에 손수건을 우겨 넣어 틀어막고, 이불을 뒤집어쓰고 울고 있노라면 사무치게 아쉬운 건 돈도 아니고, 반듯한 내 집도 아니고…… 남편의 코고는 소리였다. 그냥 아무것도 없어도 되니까 남편 코고는 소리만 옆에서 들려온다면. 집도 없어도 되고, 사업한다고 운동한다고 나돌아 다녀도 괜찮으니까, 아파서 누워만 있어도 되니까 남편 코고는 소리만 들을 수 있다면…… 그냥 옆에 있어만 준다면……. 눈물은 흘러 베개를 온통 적셔도 그칠 줄 몰랐다.

토스터기가 없었기 때문에 수연은 프라이팬에 빵을 구웠다. 인하가 해 준 것처럼 커피도 끓였다. 엄마는 빵을 굽고 커피를 끓인답시고 분답을 떠는 수연을 바라보며 빙긋 웃고 있었다. 작은 상을 마주하고 수연은 엄마에게 구운 빵에 잼을 발라 주었다.

"엄마, 이거 먹어봐."

수연은 빵을 먹는 엄마를 바라보았다.

"맛있지?"

엄마는 가만히 고개를 끄덕였다. 수연이 생각해 보니, 엄마한테서는 늘 받기만 했지 뭔가 해 준 적이 없는 것 같다. 어릴 땐 어리다고, 좀 커서는 대학 가야 한다고, 대학교 다니면서는 취직 준비한답시고…… 늘 엄마한테서 받기만 했구나. 엄마도 받고 싶을 텐데. 수연은 이제 자기가 해야 할 차례라는 생각이 들었다. 구운 빵이든, 커피든 뭐든 수연도 엄마에게 주어야 할 때가 온 것이다. 바삭거리며 빵을 먹는 엄마의 모습이 어쩐지 어린애 같아서 서글픈 마음이 들었다.

*

시간은 바람을 타고 우리에게 다가온다. 때로는 정지된 것처럼, 때로는 폭풍우처럼 몰아치며. 그러나 우리는 항상 기억해야 한다. 시간은 우리 밖에 있는 것이라는 걸. 시간이 아무리 위대하고 모든 것을 소멸시키는 힘을 가지고 있다 해도 그것은 인간 외부에 존재하는 것이다. 사실 인간은 전혀 시간에 지배당할 필요도, 주눅들 필요도 없다. 한 방향으로 흐르는 듯 보이는 시간도 사실은 지구의 자전과 마찬가지로 거대한 크기로 맴돌고 있을 따름이며, 인간이 중심부에 서 있는 한 어떠한 영향도 끼칠 수 없기 때문이다. 오히려 무궁한 기회를 다시 주기 위해 신께서 '시간'이라는 이름을 빌어 인간에게 다시 배울 수 있고 다시 살아갈 수 있는 '하루'를 선물하셨다는 것을 깨닫는다면, 우리는 시간이 흘러간다고 슬퍼하거나 한탄할 필요가 전혀 없는 것이다. 어차피 모든 것은 다 지나갈 것이고, 다시 다가올 모든 불행과 슬픔에 대해 배운 바를 활용한다면 인간은 언제나 슬기롭고 행복하게 살다 죽을 것이다. 아니, 만약 그렇게만 된다면 인간은 죽지 않을지도 모른다. 죽지 않는다면. 아니, 인간이 죽은 후에도 시간이 어떻게 되는지는 아무도 개의치 않는다. 만약 시간이 살아 있는 자에게만 유효하다면 더더욱 우리는 초연해져야 한다. 때가 되면 우리 모두는 가장 두려운 굴레를 벗어날 수 있기 때문이다.

지호는 지난 일기장을 뒤적거리다가 유달리 힘 있는 글씨로 적힌 부분을 다시 읽어 보았다. 이런 글을 쓴 적이 있었나? 마치 남이 써놓은 듯한 글을 읽으며 기묘한 기분에 휩싸였다. 요즘, 지난 앨범을 뒤적이거나 일기장을 읽어보는 게 취미가 돼 버렸다. 아마도 수연이 인하를 집에 데리고 온 뒤부터 생긴 버릇인 듯하다. 아무리 눈을 씻고 봐도 코찔찔이로밖에 안 보이는 수연에게도 좋다고 따라다니는 남자가 있다니 신기한 노릇이었다. 처음으로 집에 아버지 아닌 다른 남자가 들어섰을 때 느껴졌던 경계심은 인하의 어수룩하고 그저 선한 몸가짐을 보자마자 순식간에 녹아 없어졌다. 얼핏 보기에 좀 어눌해 보이는 감도 없지 않았고, 만나기 전에 피아노를 전공한다는 말을 듣고 별로 탐탁지 않은 편견도 갖고 있었지만, 인하의 굶어 죽을 수는 있어도 남을 속이지는 못할 것 같은 얼굴을 본 후 모든 의심과 불안은 눈 녹듯 사라졌다. 아직도 이런 남자가 살아 있구나. 지호는 밥 먹는 내내 속으로 감탄하지 않을 수 없었다. 인하는 맛있게 밥 한 그릇을 다 비웠다. 음식이 맛있다는 둥, 어머니 요리 솜씨가 좋다는 둥, 흔한 입 발린 소리 한 마디

하는 법 없이 맛있게, 정말 맛있게 먹었다. 딴따라를 직업으로 할지도 모른다는 걱정에 만나기 전부터 이것저것 트집을 잡던 엄마도 서둘러 빈 접시에 반찬을 더 얹어 주고 새로 국을 떠 주고 밥을 퍼 주며 시중을 들어 주었다. 부모님이 안 계시다는 것도 미리 들어서 알고 있었지만―엄마나 지호나 제일 켕겨 하는 부분이었으나―어머니는 막상 인하의 입에서 부모가 안 계시다는 말이 나오자 사람 목숨이 하늘에 달렸지 사람 맘대로 할 수 있는 게 아니라며 대수롭지 않게 넘겼다. 큰 관문 하나를 그냥 통과한 듯, 인하는 머쓱한 표정을 지었다. 어머니는 인하가 제일 빨리 비운 매실 짠지를 새로 덜어 주며 지나가듯 물었다.

"그래, 피아노 치면서 밥 먹고 살 궁리는 되는가?"

너무 노골적인 질문에 수연뿐만 아니라 지호까지 당황했으나 인하는 침착하게 대답했다.

"피아노를 치지만 작곡을 공부하고 있습니다. 피아노나 작곡이나 어렵긴 마찬가지지만 음악 가르치면서 좋은 곡 만드는 게 제 꿈입니다. 그리고 저, 실기교사 자격증도 있습니다. 학교에서 음악 선생을 할 겁니다."

학교 선생이라는 말 때문인지 인하의 자신감 넘치는 태도 때문인지 모르겠지만, 어머니의 입은 함지박만큼 벌어져 다물어질 줄을 몰랐다. 지호도 내심 큰 짐을 덜어낸 것처럼 한숨이 절로 나왔다.

"그래, 얼마나 좋은 세상인데, 둘이 열심히 살면 밥벌이야 못하겠는가."

어머니의 콧등이 붉어졌다.

"내가 보기에 둘이 천생연분일세. 수연이가 어려서부터 피아노, 피아노. 피아노 타령을 얼마나 했는지 아는가?"

어머니의 말에 모두가 웃지 않을 수 없었다.

"수연아, 엄마가 너무 기분이 좋다. 냉장고에서 맥주 좀 꺼내 와라."

어머니가 맥주를 마시겠다는 말을 듣는 것도 처음이었고, 그렇게 긴장이 풀어진 얼굴로 사람을 대하는 태도도 처음 보는 것 같았다. 나사 하나라도 빠진 듯, 말도 분명치가 않았다. 수연이 하나를 등에서 덜어낸다는 기쁨과 아쉬움. 제일 크고 힘든 짐을 내려놓고 이제 좀 편하게 살 수 있겠다는 희망. 여러 가지 복잡한 감정이 어머니의 가슴 속에서 북받치고 있었다. 그래도 아직 남인데 어머니가 좀 냉정해졌으면 하는 바람도 있었으나, 인하가 돌아가고 난 후 정말 풀어지기 시작한 건 자기 자신이었다. 얼마나 가벼운지. 가장 사랑하는 사람이 가장 무거운 짐일까? 어머니와 수연은 지호의 양 어깨를 내리누르는 짐이었다. 하지만 엄마가 그냥 편안하게 해 줘야 할 대상이라면 수연은 뭔가 더 행복하게 해 줘야 하는 부담스러운 존재였다. 인하라면…… 인하라면 나보다 훨씬 잘할 수 있을 것이다.

일기장을 넘기던 지호는 다시 눈길을 멈추었다. 붉은 테두리가 쳐져 있는 페이지가 시선을 끌었다. 아버지가 돌아가실 무렵, 그 옆에서 하룻밤을 보내고 난 뒤에 쓴 글이었다.

우리는 왜 헤어질 때가 돼서야 진실을 말할 수 있을까.

좀 더 일찍 이야기했더라면

서로 더 많이 사랑할 수 있지 않았을까.

아버지는 좀 더 일찍 얘기했어야 했다.

아무리 위대한 것도, 사랑조차도

표현되지 않는다면 알 수 없고

무한한 의구심을 만들어낼 수 있기 때문에.

영화 〈그랑 블루〉에서였던가

'아무리 깊이 잠수할 수 있어도 떠오르지 않으면 아무 소용없는 것'이라고.

아버지는 내겐 너무 깊은 바다였다.

나는 그저 바닷가에서 서성이며 알 수 없는 바다를 원망하는 아이였다.

엄마는 아버지를 알고 있을까.

가슴이 답답해져 왔다. 엄마는 알고 있었을까. 그래서 그렇게 버텨 왔던 걸까. 아버지가 병실에 누워 있고 자신이 그 옆 간이침대에서 쭈그리고 누워 있던 장면이 선명히 떠올랐다.

지호는 마음 깊은 곳에서 아버지를 미워하면서 존경하고 있었다. 아버지를 볼 때마다 엄마를 힘들게 한다는 것에 대해, 그리고 엄마로부터 자유롭다는 것에 대해 미움과 존경이 뒤섞인 감정이 떠올라 늘 착잡한 심정이었다.

"지호야, 물 좀 떠와라."

깜빡 잠이 들려던 지호는 아버지의 낮은 목소리에 퍼뜩 정신을 차렸다.

"시원한 걸로 드려요?"

"그래. 찬 걸로."

아버지는 어떠한 경우에도 따뜻한 물이나 미지근한 물을 마시는 법이 없었다. 항상 시리도록 차가운 냉수여야 했다. 쿨럭이는 정수기에서 얼음물이 쏟아졌다. 자신의 목구멍이 갈라지듯 말라오는 것이 느껴지자 지호는 자신이 먼저 한 컵을 따라 들이켰다. 물은 차가와야 제맛이다. 다시 한 컵을 따라 주름 빨대를 꽂아 누워 있는 아버지 입에 갖다 대 드렸다. 빨대로 마셔도 한줄기 물이 입가로 흘러내렸다. 면 수건으로 입가를 닦아 드리고, 다 마신 빈 컵을 치웠다. 지호는 스스로의 행동으로 인해 아버지에 대한 애정이 서서히 피어오르는 것을 느꼈다. 불쌍한 아버지. 아버지도 늙는구나. 흰머리나 주름살은 둘째 치고, 지병으로 깡말라가는 몸뚱어리가 아버지도 결국은 한 인간임을 말하고 있었다. 아버지가 물을 다 마시자마자 바로 눕기도 뭐해서 지호는 간이침대에 걸터앉았다.

"몇 시냐?"

"11시가 넘었어요. 11시 10분이에요."

어색한 침묵이 흘렀다.

"TV라도 켜 드릴까요?"

지호가 먼저 양보해서 말을 붙였다.

"됐다."

아버지는 지호를 바라보았다. 투명한 눈동자가 스캔이라도 하듯 지호를 훑어 내렸다. 적이 부담스러운 눈빛이었으나 오랜만에 겪는 일이라서 반가운 마음도 들었다. 초등학교 시절 수학경시대회에 나가서 최우수상을 받아왔을 때, 아버지는 칭찬 한 마디 안 한 채 지금처럼 지호를 죽 훑어 내렸다. 그리고는 돌아서서 볼일을 보셨다. 그 이후에도 몇 번, 나름대로 뭔가 대단한 일을 했을 때나 가끔은 잘못을 저질렀을 때 비슷한 눈빛으로 스캔당했던 기억이 떠올랐다. 아버지가 얼굴을 바로 하고 눈을 감은 채 물었다.

"넌 뭘 하고 싶으냐?"

아버지의 질문에 얼른 대답이 나오질 않았다. 뭘 하고 싶으냐고? 돈을 벌고 싶어요. 엄마가 힘들어하잖아요. 수연이도 하고 싶은 것도 많고. 아버지, 몰라서 그러시는 건 아니겠지요? 속으로 하고 싶은 말들이 봇물 터지듯 줄줄 새어 나왔으나 입 밖으로 내진 않았다.

"생각 중이에요."

무난한 접대용 멘트가 나왔다. 고2가 된 뒤부터 뭘 전공할 거냐는 질문은 친구들 사이에서도 자주 주고받는 얘기였다. 아버지 눈가에 살짝 경련이 이는 듯했다. 가볍게 한숨을 내쉬나 했더니 조용히 경고하는 듯한 목소리로 말했다.

"너 하고 싶은 거 해라. 네 엄마 신경 쓸 것 없다. 수연이도. 너 하고 싶은 거 하면서 사는 게 결국 효도도 되고, 오빠 노릇도 할 수 있는 거고, 그런 거다."

하고 싶은 거? 그럼 엄마는 누가 먹여 살리나요? 그냥 굶어 죽나요? 아니, 굶어 죽진 않더라도, 말 많은 아줌마들 틈에서 평생을 주눅 들어 살아야 하나요? 여자들이 어떻게 사는지 정말 몰라서 그러세요? 여자들이 얼마나 필요한 게 많은지 정말 몰라서 그러세요? 해외여행, 저녁식사, 보석, 옷, 신발, 가방도 가지각색으로. 정말 몰라서 아버지는 엄마한테 그렇게 하신 거예요? 수연이만 해도, 반 친구들 중에 개만 피아노 칠 줄을 몰라서 한동안 애들한테 따돌림을 당했었어요. 아버지, 그런 건 알기나 하세요? 뭔가 대답을 하고 싶었으나 목구멍에서 말이 나오질 않았다. 침만 꿀꺽 삼키는 소리가 요란하게 들렸다.

"너, 신부 되고 싶어 하지 않았었니?"

순간 지호는 심장을 돌덩어리로 얻어맞는 것 같았다. 아버지가 어떻게 알았을까? 아무도 모르는데……. 엄마조차도, 친구도, 아무도 모른다. 선생님께도 얘기한 적이 없는데……. 일기장? 아니, 진짜 쓰는 일기는 따로 있다. 아무도 모르게 숨겨 두었는데. 그걸 찾겠다고 뒤질 아버지나 엄마도 아니었고, 쉽게 찾을 수도 없게 숨겨 두었다. 더구나 아버지는 성당에 다니지도 않았다. 겉보기에 아버지는 무신론자처럼 행동했다. 차라리 자신의 의지와 손의 노동과 발품을 믿는 쪽이었다. 지호는 아무 대답도 하지 않았다.

"좋은 직업이다. 결혼하는 것도 좋지만, 안 하는 것도 좋다. 신부가 되는 거라면 더더욱."

지호는 가타부타 대답을 하지 않았다. 아버지는 엄마와의 결혼을 후회하는 것일까?

"뭘 해도…… 결혼이건 뭐건…… 사람 사는 게 외롭고 힘든 법이다. 네가 정말 원하는 걸 한다면 외롭든 말든 끝까지 할 수 있을 거다."

아버지의 목소리에 웃음이 섞이는가 싶더니 어머니 얘기를 꺼냈다.

"네 엄마, 많이 힘들었다. 그래도 그거, 다 자기가 좋아서 한 거다. 나도 나 좋은 거 하면서 살았고……. 우린 잘 만났지. 남 보기엔 어땠는지 몰라도…… 우린 잘 만났어……. 나도 네 엄마 힘든 거 안다. 수연이도. 남들처럼 못해 줘서 미안하기도 했지. 하지만 내가 비위 맞춰 준다고 내 처자식이 완벽한 인생을 사는 건 아니라고 생각한다……. 그래도 난 계집질 같은 더러운 짓은 안 했다. 네 엄마도 그거 하나 믿고 많이 봐주긴 했지만."

　지호는 설핏 웃음이 났다. 그리고 슬펐다. 아니에요. 그건 아버지가 스스로 변명하는 거예요. 아버지가 조금만 더 도와줬으면 우리 셋은 좀 더 행복했을지도 몰라요. 수련회 갔을 때, 저만 용돈을 가져가지 못했었어요. 다른 애들이 다 기념품 사고, 군것질하다 남은 거 쓰레기통에 처넣고, 흥청망청 돈 쓸 때 저만 빈 주머니에 손을 찔러 넣고 입맛만 다시고 있었어요. 쓰라렸습니다. 그게 다해야 얼마나 되겠어요. 기껏해야 몇 만 원이었는데, 전 너무 비참했습니다. 지금 아버지가 누워 계시는 이 병실 하루치 입원비도 안 되는 돈이었을 거예요.

　"다 지나간다. 못 살 것 같아도 다 살고, 못 견딜 것 같아도 다 견뎌낼 수 있다. 그런 거 없으면 인생…… 힘들어서 못 산다. 짧은 것 같아도 길고 긴 것 같아도 짧은 게 인생이다. 제 주관 없이 남들 하는 대로 살다간 헛바퀴질 하다가 인생 끝난다."

　아버지는 말이 길었다. 듣고 있노라면 아주 틀린 말도 아니었으나 선뜻 맞장구를 쳐 주기엔 아직 상처가 아팠다. 엄마의 한숨. 수연이가 엄마한테도 비밀로 하고 털어놓던 슬픈 기억. 아무리 공부를 잘해도 막상 놀러 나가면 돈 좀 있는 멍청한 녀석한테 휘둘려야 했던 분위기. 그래도 아버지가 지금 자신에게 뭔가를 말해 주고 있다는 자체가 고맙기도 했다. 그런데, 신부가 되고 싶어 하는 건 어떻게 알았을까……

일상은 작은 소리로 가득 차 있다. 누군가 멀리서 이름을 부르는 소리. 여자들의 잔소리. 아이들의 떼쓰는 소리. 나뭇잎 사이로 비치는 햇살의 조용한 침묵. 선생님의 강의 소리. 교통경찰의 호루라기 소리. 어디선가 들려오는 망치질 소리. 빵빵거리는 차 소리. 운동화 끄는 소리……. 그 모든 게 번거롭고 거추장스러울 때도 있었다. 그러나 언제부터인가 그것이 삶의 소리라는 걸 느꼈고, 소음이 곧 인생의 호흡과도 같은 것이라는 사실을 깨달았다. 엄마의 소리 없는 푸념. 수연의 속삭임. 아버지의 뒷모습을 떠올리게 하는 현관 문 닫히는 소리. 모든 소리는 삶의 흔적이었다. 아버지의 마지막 소리는 지호에게 아버지가 걸어왔던 삶의 뚜렷한 자국을 보여주었다. 그리고 그것이 지호가 걸어야 할 길이었다. 다른 것처럼 보여도 결국 그것은 같은 것이다. 내 길을 걷는다는 것. 개인의 의지라는 안테나로 인해 그 방향이 제각각인 것처럼 보여도, 어떤 곳으로 향해 있든 사실은 결국 같다. 지호는 요즘 쓰는 일기장을 폈다. 5월 29일. 날짜를 적고 일기를 쓰기 시작했다.

5월 29일

모든 인간이 참되게 걸어가는 길은 결국 한 곳으로 향한다. 바람이 불어오는 그곳. 시간이 시작되는 곳. 어쩔 수 없이 인간은 바람을 안고 걸어야 한다. 바람에 날아가 버리지 않기 위해 각자는 고통이라는 짐을 떠안고 간다. 짐이 없으면 인간은 먼지처럼 흩어지고 말 것이기에.

　짐. 버거웠다. 아버지는 너무 많은 짐을 내가 어렸을 때부터 넘겨주었다. 그러나 아버지가 돌아가시고 나서 그것이 일말의 티끌에 불과했음을, 짐이란 것이 도대체 무엇인지를 철저히 깨달아야 했다. 빈자리. 세상에 빈자리만큼 공허한 자리가 있을까. 내가 평생을 다 바친다 해도 아버지의 자리는 메울 수 없을 것이다. 두렵다. 하지만 인간의 삶이 남의 빈자리나 메우라고 주어진 건 아니다. 모두에겐 자신의 자리가 있다. 자기의 자리에 있음으로써만이 남의 빈자리를 채울 수 있는 것이다. 나도 가야 한다. 나의 길을. 인하가 인하의 자리—수연이의 옆에 있기 때문에 내가 내 길을 갈 수 있는 것이다. 놀라운 일이다. 혼자 모든 걸 하려는 건 얼마나 잘못된 생각인지. 인하는 나의 길에 어떤 도움도 주지 않았지만, 그가 그의 자리에 있음으로써 드디어 나는 나의 길을 갈 수 있게 되었다.

　어쩌면 아버지는 어머니 때문에 자신의 길을 갈 수 있었을 것이다. 역시 어머니는 아버지로 인해 자기 자리에 더 잘 있을 수 있었을지 모른다. 아버지가 처자식의 비위를 맞추는 대신 자신의 자리에 있었기에 나는 더 좋은 아들, 공부 잘하는 아들이 될 수 있었을지도 모른다. 소름이 끼쳐 온다. 희미한 거울을 바라보니 답답해하고 짜증내던 청소년기가 맑은 거울에 비추듯 드러나고 있다. 그랬었구나. 나 자신만 모르고 있었구나. 이미 모든 건 분명히 드러나고 있었는데 나만 모르고 있었구

나. 거울이 흐린 게 아니라 내 눈이 안 보였던 거였구나.

주님, 제가 십자가를 지고 저의 길을 가게 해 주십시오.
아버지의 길이 아닌
어머니의 바람이 아닌
허영의 길이 아닌
저의 길을 갈 수 있도록
저의 십자가를 내려 주십시오.

주위는 늘 부산스럽고 산만합니다.
바로 나라고, 내가 바로 너의 십자가라고
눈앞에 들이대는 허상들을
꿰뚫어볼 수 있는 혜안을 주시고
제 십자가가 초라한 모습으로 나타날 때
혹은 두려운 모습일 때
제가 물러서지 않도록 힘을 주십시오.

주님, 옆에 있는 모든 것들이
왜 그것이 저의 십자가가 될 수 없는지
무수한 이유를 늘어놓습니다.
주님, 제가 당신의 목소리를 들을 수 있도록 해 주십시오.
무수한 소리들과 허상들 속에 숨겨진

제 십자가를 찾게 해 주십시오.

눈을 감으면 당신이 보입니다.
귀를 닫고 안으로 가라앉으면 당신의 목소리가 들려옵니다.
너무도 위대한 진리이기에 나지막이 말하시는 당신.
당신께로 향한 길은 왜 이리 어둡고 고요합니까.

빛과 유혹이 춤을 춥니다.
자기가 바로 별이라고.
자신이 바로 하늘에 좌정한 흔들리지 않는 별이라고.
하지만 색색이 아롱지는 별의 향연 속에서
고요한 힘으로 빛나는 별을 봅니다.
무겁게 느껴지는 별의 힘은 제가 바라보자
간절히 호소합니다.
나다. 나다. 내가 바로 너의 별이다.
별빛은 떨리는 흐느낌처럼 저에게 말합니다.

주님. 처음부터 저는 알고 있었습니다.
어느 것이 저의 별인지.
다만 더 아름답고 빛나는 별을 찾고 있었습니다.
가끔은 어머니의 별을 보고 있었습니다.
주님. 이제 저는 제 별을 바라봅니다.

제가 그 별을 따라 바람이 불어오는 곳으로
걸어가게 해 주십시오.

아직도 두렵습니다.
그곳에 남은 것 또한 결국 소멸일까봐.
하지만 제가 해야 할 일이 사실은
그것뿐임을 알기에, 그 외 모든 일들이야말로
바람 앞에 부서져 제가 가지고 갈 수도 없다는 것을 알기에
저는 일어서서 걸어갑니다.

지호는 졸업까지 한 학기 남은 대학 생활을 그만두고 한국
외방선교회 신학교에 들어갔다. 대기업에 들어가 돈이나 벌어
어머니나 편하게 모시고 살려 했던 소망과 수연을 행복하게
해 주어야 한다는 의무, 자신을 바라보던 여자들, 자기가 사랑
하던 여자들, 상상해 보던 그네들과의 결혼, 꿈꾸던 아이들, 사
회에서 그럴듯하게 자리한 지위들, 너그럽고 후덕한 저명인사
의 모습—모든 걸 바람에 날려 보내고 선교회로 들어갔다. 선
교회 건물 어딘가에서 괭괭거리며 울리는 종소리는 지호의 속
세의 삶이 여기서 끝났다고 선포하는 듯 그칠 줄 모르고 울려
퍼졌다. 아버지의 말이 옳았다. 어머니는 진심으로 기뻐하셨
다. 의연한 듯해도 길을 잃어버린 새처럼 불안해하던 어머니는
다시 해야 할 일을 찾은 것 같았다. 남은 일생을 지호의 수도

생활을 위해 기도하는 것으로 보내기로 결심한 듯 보였다.

"지호야, 네가 너무 자랑스럽다. 엄마, 이제 더는 소원이 없다. 수연이야 인하가 잘해 줄 터이고. 나는 예수님이 얼마나 잘해 주시겠냐. 너도…… 결정하기 어려웠을 텐데…… 정말 고맙다."

등 뒤에서 신학교의 철문이 철거덩 닫히고 나서 눈인사라도 하려고 뒤돌아섰을 때, 어머니는 어렵게 한 마디 한 마디, 수를 놓듯이 말씀하셨다. 흔들리는 촛불처럼 눈동자 속에서 빛이 뿜어져 나왔다. 그 빛이 자신의 길을 밝히는 데 적지 않은 힘이 되리라는 것을 알았다. 그리고 바로 저 눈빛이 아버지로 하여금 아버지의 별을 따라가게 한 힘이라는 것도.

신학교 건물로 들어가는 길은 누렇게 물든 나뭇잎으로 갈색의 운치를 한층 더했다. 저 가을 잎들은 곧 모든 걸 버리고 떠날 것이다. 그리고 다 벗은 나무가 앙상하게 겨울을 맞이할 것이다. 하지만 그 앙상한 빈 가지들은 부끄러움으로 남지 않고 모든 위대한 고통 뒤에 따라오는 영광을 꿈꿀 것이라고 중얼거리며, 지호는 걸음을 옮겼다.

지호가 신학교에 들어간 그 다음해 6월 초, 수연과 인하는 명동성당에서 혼배미사를 예약했다. 지호의 부탁으로 라파엘 신부님께서 혼배미사를 집전해 주시기로 하셨다. 수연과 라파엘 신부 사이에 있었던 일을 알 길이 없는 지호가 이제 남의 집 사람이 될 동생에게 마지막으로 최선을 다한답시고 나서서 주관한 일이었다. 수연에게도 그렇지만 라파엘 신부에게는 더 더욱 운명의 얄궂은 심술처럼 느껴졌다. 수연은 이 기묘한 인연을 일종의 메시지로 받아들여, 라파엘 신부가 자신에게 행했던 무례함을 용서하기로 결심했다. 어찌 보면 신부님으로서는 그것이 최선이었는지도 모른다. 여자마다 반갑게 맞이하는 게 사실 더 무례한 행위가 될 수 있을지도 모른다. 수연은 라파엘 신부님에 대한 용서를 주님께 결혼 예물로 드렸다. 그리고 자신의 모든 순결이 영원히 인하와 주님께 향하도록 기도드렸다. 기도를 하는 동안 수연은 마치 이 모든 일들이 아주 오래 전부터 어딘가에 쓰여 있었던 일들처럼 느꼈다. 아주 오래 전부터……. 라파엘 신부님은 나에게 누구인가? 연인? 스승? 또, 나는 라파엘 신부님께 누구인가? 아무튼 결코 간단한 인연은 아니었으며, 수연이 볼 수 없는 훨씬 많은 일들이 오래 전부터 둘 사이에 있어 왔다는 것을 새삼 느꼈다. 인하는 지금 남편의 이름으로 있지만, 예전이라는 시간 속에서는 어떤 모습으로 있었을까? 오빠는? 엄마는? 모두가 갑자기 연극을 하는 것처럼 느껴졌다. 인생이라는 무대마다 역할을 달리하고, 의상을 갈아입고 그 역을 해내는 것. 지금은 인하는 나의 남편 역할을, 라파엘 신부님은 사제 역할을, 엄마는 내 엄마 역할을. 소름이 쭉 끼쳐 오면서, 다음 무대에서는 또 어떤 모습으로 연극을 해야 하나 하는 호기심이 들었다. 다음 무대에서는 부잣

집 딸로 좀 태어나게 해 달라고 할까? 아니, 남자로 태어나게 해 달라고? 라파엘 신부님은 여자로? 나를 짝사랑하는 여자로? 인하 씨는…… 인하 씨도 맘고생 많이 했으니까 재벌 집에다 행복한 가정의 자녀로. 남자든 여자든, 인하 씨는 아마 여전히 착한 사람으로 태어날 것 같다. 이게 뭐 하는 짓이람. 수연은 인하를 생각하자 부질없는 짓에 대해 부끄러운 마음이 들었다. 인하는 어떠한 무대든 결국 같은 모습을 하고 있을 것 같다. 여자이든 남자이든, 부자이든 가난하든, 아마도 그는……. 어쩜 신부님이 될지도 모르지. 갑자기 부끄러움이 몰려왔다. 이런 허깨비 같은 상상이나 하고 있는 것에 대해……. 아무리 무대가 바뀌고 가면을 바꿔 쓰고 역할이 달라져도 본질은 바뀌지 않을 것이다. 절대로. 꼬리를 물던 생각이 툭 끊기면서 수연은 혼배미사를 드리기 전에 신부님과 면담을 해야 한다는 사실을 떠올렸다. 혼배성사가 있기 전, 주례 사제가 결혼할 예비부부와 면담하는 것이 교회의 절차이다. 수연은 인하에게 전화를 걸었다. 적당한 날을 골라 면담을 하러 가야 한다고. 결혼식 2주 전, 둘은 라파엘 신부를 찾아갔다. 라파엘 신부님은 다른 본당에 부임하신 상태였으나 인하와 수연의 면담 요청을 반갑게 받아 주셨다.

라파엘 신부는 인하에게 세례 받을 것을 강요하지는 않았다. 그러나 자녀가 생길 경우 반드시 유아 세례를 받으라고 명령했다. 그것은 분명히 강요 수준을 넘은 명령이었다. 인하가 선뜻 대답이 없자 라파엘 신부는 단호하게 혼배성사를 취소할 수 있다고 말했다. 수연은 라파엘 신부의 권위와 칼날 같은 단호함에 마음이 졸아붙는 듯 불안했다. 인하에게 미안한 마음도 들었다. 라파엘 신부는 눈썹 하나 까딱 않고 설명을 덧붙였다.

"이 세상에 태어난 모든 아기는 주님의 아이들입니다. 세례성사로 아이를 보호하는 것이야말로 부모로서 가장 중요한 첫 번째 의무입니다."

인하가 여전히 말없이 앉아 있었으나 둘 사이에 눈빛이 오가는 걸 수연은 느낄 수 있었다. 아마도 인하는 자유의지에 관한 물음을 던졌을 것이다. 라파엘 신부는 수연도 알아들으라는 듯 덧붙였다.

"아이의 자유를 위한답시고 아이가 불 속으로 걸어가게 내버려두는 부모가 있습니까? 아이가 먹을 것을 달라지 않으면 자유의지를 존중하기 위해 안 먹입니까? 젖먹이 앞에 음식을 늘어놓고 고르라 하고, 애가 집는 대로 먹이는 부모가 있습니까? 젖먹이에게는 젖을 먹이고 젖을 뗀 아기에게는 죽을 주지 스테이크를 주지 않는 것처럼, 세상에 태어난 아기에게는 세례성사를 주어야 합니다. '자유'라는 개념이 개입될 상황이 아닙니다."

더 따지고 들 여지가 없는 것은 아니었으나 틀린 말이 아니라고 생각했는지, 인하는 묻기를 그만두고 가만히 앉아 있었다. 라파엘 신부는 계속 말을 이었다.

"결혼 이후에는 교회가 정한 특별한 경우를 제외하고 이혼은 절대로 불가합니다. 어느 한쪽이 사망한 경우에만 자유의 몸이 됩니다."

인하가 고개를 끄덕였다. 라파엘 신부는 대답을 재촉하듯 수연을 바라보았다. 수연은 고개를 가볍게 끄덕였다.

"물론 이런 자리에 와서 '나중에 어떻게 될지 모릅니다. 혹시 이혼할지도 모르지요'라고 말하는 사람은 없어요."

라파엘 신부의 느닷없는 너스레에 셋이 다 같이 웃었다. 라파엘 신부는 웃음기가 남은 채 엄숙하게 덧붙였다.

"결혼 상대는 하느님께서 골라 주시는 겁니다. 어떤 이유에서건, 혼배성사를 치른 이상 바꿀 수 없습니다. 부모와 자식이 선택해서 인연으로 맺어지는 것이 아니듯, 결혼도 함부로 선택할 수 있다고 생각하지 마십시오. 상대를 바꾼다고 해서 운명이 바뀌는 것도 아니고, 더 행복해지는 것도 아닙니다. 다 '더 잘될 것 같은' 유혹이지요. 멀쩡한 배필 버려 놓고 잘 사는 사람, 한 사람도 못 봤습니다. 잘 사는 척하는 사람은 좀 있었지만요."

라파엘 신부는 뭔가를 생각하는 듯 말을 멈추더니 한 마디를 덧붙였다.

"다 이유가 있어서 주어진 거라고 생각하시면 맞습니다."

　라파엘 신부의 말이 구구절절 옳은 말이긴 했으나, 그가 너무 젊었기 때문에 인하와 수연은 왠지 웃음이 났다. 그렇다고 해서 사제의 품위나 말이 손상되는 것은 아니었으나, 너무 싱그럽고 젊은 냄새가 풀풀 풍기는 총각이 그런 건 어찌 알았을까 싶은 짓궂은 의문이 들었다. 인하는 처음에 가졌던 반감이 많이 사그라진 것 같았다. 그러나 조용히 덧붙였다.

　"종교가…… 너무 중요하다고 생각하기 때문에 오히려 아이에게 생각할 시간을 주고 싶은 겁니다. 제가 신자는 아니지만…… 수연 씨를 봐도 그렇고, 어머님도, 형님도 뵈면서 가톨릭에 호감이 많이 가는 건 사실이에요. 저도 언젠가는 믿게…… 믿을지도 모르지요. 하지만 쉽게 말로만 믿습니다, 하고 끝날 문제가 아니라고 생각합니다. 그래서 수연 씨에게 미안한 마음을 느끼면서도 이번에 세례를 받지 못했습니다. 제가 죽기까지 충실할 수 있을 때, 그때가 오면 세례를 받을 생각입니다. 아이도…… 아까 하신 말씀이 무슨 말인지 알겠습니다. 그런데…… 잘 모르겠습니다."

　라파엘 신부는 인하를 바라보았다. 둘은 아무 말 없이 서로 바라보기만 했다. 그렇다고 팽팽한 신경전이 벌어지는 것도 아니었다. 둘은 조용히 바라보면서 서로 묻고 있었다. 무엇을 묻는지는 수연도 알 수 없었다. 수연은 왠지 모르게 질투를 느꼈다. 둘만이 뭔가 교감을 하며 대화하고 있는 것 같았다. 수연이 알아들을 수 없는 말로.

라파엘 신부와의 면담이 끝나고, 인하는 수연에게 갈 데가 있다고 했다. 어디냐고 물었지만 예전에 무언가 중요한 일이 있을 때마다 아빠나 오빠가 그랬던 것처럼 대답도 안 주고 앞을 보고 걷기 시작했다. 시치미를 떼고 다시 물어볼까 하다가 그만두었다. 한 번도 본 적이 없는 태도였기 때문이다. 분명 무슨 이유가 있을 것이다. 그런데 어디를 가는 걸까? 인하가 간 곳은 전혀 생각도 못한, 모 대학병원이었다. 더 이상한 것은 병원에 들어가는 것이 아니라는 것이다. 인하는 병원 한편 화단 근처에서 발걸음을 멈추더니 같이 간 수연도 잠시 잊은 듯 한참을 서 있었다. 화단의 장미꽃은 더할 나위 없이 아름다웠다. 겹겹이 꽃잎을 이루며 풍성하게 피어 오른 장미는 풍만한 젖가슴을 떠올리게 했다. 6월. 그야말로 장미가 만발하는 때이다. 고등학교 시절까지만 해도 현충일이다, 6·25사변일이다 해서 우울하고 따분한 시기로 여겼었다. 특별한 행사도 없고, 바닷가에서 시원하게 여름을 보낼 수 있는 것도 아니고, 공휴일도 없고……. 6월은 푸른 여름의 지루한 문턱에 불과했다. 그러나 6월 초 무렵에 장미꽃이 가장 풍성하게 핀다는 걸 알고 난 후부터는 특별한 애정을 가지게 되었다. 이제 곧 결혼식을 올릴 터이니 6월은 훨씬 특별해지는 셈이었다. 좀 더 눈을 돌리자 화단에는 붉은 장미뿐 아니라 분홍 장미, 노란 장미, 흰 장미가 가득한 것이 보였다. 몇 그루 안 되지만 주홍 장미, 진홍 장미도 있었다. 꽃송이는 어른 국그릇만큼이나 컸고,

꽃대는 꽃송이 못지않게 굵은 가시로 뒤덮여 나무에 가까운 모습을 하고 있었다. 글자 그대로 고통의 가시 끝에 영광의 화환을 얹은 형상이었다. 그게 바로 장미의 매력이다. 수연은 엄마를 닮아서인지 꽃이라면 사족을 못 썼다. 다이아몬드보다 꽃을 더 귀하게 치던 레지나는 딸아이 이름을 수연—즉, 수련이라 지었다. 수연은 어렸을 적 엄마가 주둥이가 넓고 키가 낮은 항아리에다 물을 받아 연꽃을 키우던 기억을 생생하게 간직하고 있었다. 저녁이면 오므라들었다가 해가 차오르는 것에 비례해서 한낮이면 등불을 켜 놓은 듯 고운 자태를 드러내는 연꽃을 엄마나 수연은 경외하는 마음으로 바라보곤 했다. 더구나 연향은 선뜻할 정도로 그윽했다. 항상 풍기는 것도 아니고 어쩌다 고개를 돌릴 때 무심코 코끝을 지나는 연꽃의 숨결은 모든 생명이 가진 숨결의 고귀함에 대해 화두를 던지는 듯했다. 엄마에겐 수연이 연꽃이겠지만 수연에게 연꽃은 엄마였다. 연꽃은 엄마의 옷자락 같은 것이었다. 다정한 엄마 냄새와 엄마의 보드라움. 장미에겐 엄마의 냄새가 없다. 하지만 지금처럼 저 사나운 가시 덩굴 끝에서 도도하게 자란 꽃을 보노라면 연민이 느껴졌다. 화려하고 오만한 저 아름다움은 도대체 어디서 나오는가. 으르렁거리는 가시 틈새로 저 부드러운 피를 흘리는 모습이 측은하게 여겨졌다. 아름다움은 고통 속에서 자라는가. 엄마, 수연 자신, 오빠, 라파엘 신부님, 그리고 인하 씨……. 가까운 사람들의 얼굴이 꽃 위로 떠올랐다. 가장 크고 분홍빛이 감도는 저 예쁜 장미는 엄마. 약간 봉오리진 채 단단한 노란 꽃송이는 수연 자신. 유별나게 굵은 대에 위엄 있게 핀 진홍 장미는 오빠. 덜 핀 채 핏빛처럼 붉은 장미는 라파엘 신부님. 그리고 저 초록 꽃대 끝에 하얗게 핀 꽃은 인하 씨. 우리는 모두 아름다웠다. 수연은 어쩌면 인간을 아름답게 만드는 것은 사실 고통일 거라는 생각이 들었다. 장미처럼. 수연은 흰 장미를 보여줄 생각으로 인하를 부르려고 뒤돌아보았다. 인하도 장미를 바라보고 있는 것 같았다.

"인하 씨, 이 장미 봐요. 흰 장미, 정말 예쁘죠?"

"예, 예쁘네요."

다른 생각을 하던 듯 멈칫했으나, 인하는 친절하게 대꾸해 주었다. 인하는 수연에게 다가왔다. 수연이 가리키던 흰 장미 앞에 앉더니 장미를 잡고 향기를 맡았다. 수연은 이때다 싶어 다시 물어보았다.

"여기 오려고 한 거예요?"

"예."

"왜요? 여기 왜 온 건데요?"

다시 또 대답이 없었다.

"장미 보러 온 건 아니잖아요?"

약간 투정이 섞인 수연의 말에 인하가 부드럽게 웃었다.

"장미 보러 온 거 맞아요."

수연이 어이없어하며 웃었다. 이보다 더 예쁜 꽃밭은 얼마든지 있을 텐데……. 하긴, 넓진 않아도 이곳의 장미꽃들은 유별나게 크고 아름다운 게 사실이다. 그래도 부러 찾아보기에는 좀……. 이것 말고도 다른 이유가 있어야 할 것 같았다. 빙긋 웃기만 하는 인하의 속을 모르겠다고 생각했다. 장미 화단에서 인하는 오랜 시간을 말없이 서성거렸다. 차마 발길이 떨어지지 않는 듯 가지도 서지도 못하고 있었다. 수연도 더는 재잘거릴 수 없어서 장미꽃을 구경하며 인하를 기다렸다. 인하는 분명 무언가를 하고 있었다. 묵상? 기도? 근데 기도를 왜 여기서 할까?

햇빛에 가볍게 붉은 기운이 돌기 시작하며 오후가 저물어가는 징조를 보일 무렵, 인하는 수연에게 배고프지 않으냐고 물었다. 수연은 인하를 바라보았다. 인하 씨는 뭘 했던 걸까?

"예. 배고파요."

인하의 눈에는 저녁빛이 감돌았다. 사귀고 나서 거의 처음 보는, 그 언젠가 자취방에서 무심결에 부모님 얘기를 꺼냈을 때 보였던 그 빛이었다.

"뭐 기분 나쁜 게 있으세요?"

수연이 물었다. 신부님과 면담했을 때 마음이 많이 상했나?

"아니요. 좋아요. 수연 씨랑 같이 있어서 기뻐요."

인하는 투명한 눈빛으로 수연을 바라보다 조심스럽게 말을 꺼냈다.

"근데, 우리 여기서 같이 기도 하나 하고 갈까요?"

　기도? 무슨 기도? 인하는 주머니에서 부스럭거리더니 네모지게 접은 종이 한 장을 꺼냈다.

　"교회에서 정해 준 기도도 좋지만, 지금은 저하고 같이 이 기도를 해요."

　역시 면담이 기분 나빴던 걸까? 인하가 따뜻한 손으로 다정하게 수연의 손을 잡았다. 그의 오른손으로 수연의 오른손을 잡았기 때문에 기도하는 자세라기보다는 악수를 하는 것 같은 기분이었으나, 인하는 아랑곳않고 손을 꼭 잡은 채 종이를 펴서 수연 앞에 내밀었다.

　라빈드라나트 타고르의 기도였다.

위험으로부터 벗어나게 해 달라고 기도하지 말고
위험에 처해도 두려워하지 않게 해 달라고 기도하게 하소서.
고통을 멎게 해 달라고 기도하지 말고
고통을 이겨낼 가슴을 달라고 기도하게 하소서.
생의 싸움터에서 함께 싸울 동료를 보내 달라고 기도하는 대신
스스로의 힘을 갖게 해 달라고 기도하게 하소서.
두려움 속에서 구원을 갈망하기보다는
스스로 자유를 찾을 인내심을 달라고 기도하게 하소서.
내 자신의 성공에서만 신의 자비를 느끼는 겁쟁이가 되지 않도록 하시고

나의 실패에서도 신의 손길을 느끼게 하소서.

기도하는 내내 인하의 따뜻한 손길이 수연의 손을 감싸 안으며 온기를 전하고 있었다. 인하의 손길은 수줍은 느낌이 들 정도로 묘한 기분을 느끼게 했다. 간간히 잦아드는 그의 목소리는 수연의 마음속에, 그리고 그 스스로의 마음속에 한 글자 한 글자 타고르의 기도를 정성껏 새기고 있었다.

나의 실패에서도 신의 손길을 느끼게 하소서…….

6월 13일. 수연이 아침 일찍 일어났을 때 하늘은 잿빛인 데다 비까지 내리고 있었다. 적지 않은 비였다. 그러나 그것은 분명 축복의 비였다. 빗속에서 나무나 꽃들이 흠뻑 비를 들이마시며 몸 구석구석 생명의 물을 퍼뜨리고 있었다. 생명이 소생하고 자라고 익어가는 것을 수연도 느낄 수 있었다. 담벼락 뒤로 넝쿨진 장미들이 꽃잎 사이사이마다 빗방울을 보석알처럼 머금고 있었다. 보물들. 이렇게 소중한 보물들을 아무렇지도 않게 땅 위에 흩뿌려 주시다니. 아직 연두빛이 감도는 초록 잎에는 산뜻한 싱그러움이 촉촉이 물들고 있었다. 푸석푸석했던 나무껍질들도 충분히 빗물을 들이마셔 시원해 하고 있다.
"수연아, 얼른 준비하고 가자. 화장도 하고 머리도 해야지."
엄마가 문을 열고 들어왔다. 엄마는 수연의 손을 잡고 바라보았다. 눈으로 수백 마디 말들을 늘어놓으면서, 엄마는 입으로는 단 하나의 기도를 드렸다.

"성모님, 우리 수연이와 함께 있어 주세요. 은총이 가득하신 마리아님, 기뻐하소서. 주님께서 함께 계시니 여인 중에 복되시며 태중에 아들 복되시나이다. 천주의 성모 마리아님, 이제와 저희 죽을 때에 저희 죄인을 위하여 빌어 주소서. 아멘."

엄마는 수연의 손을 놓았다. 수연이 일어나 이불을 개려 하자 엄마가 손을 내저었다.

"얼른 가서 씻어. 내가 할게."

마지막으로 자신이 하고 싶었지만 엄마 마음도 알 듯해서 엄마가 하는 대로 내버려두었다. 엄마는 이불 한 끝 한 끝을 정성스럽게 잡고 개기 시작했다. 엄마는 기도하고 있구나. 모든 걸 내려놓은 엄마의 표정. 오빠와 수연은 잘 알고 있었다. 엄마가 가장 기도에 취해 있을 때의 표정. 엄마는 자신의 의지와 염려, 불안, 기대, 소망, 모든 걸 내려놓고 수연과 인하의 결혼을 신에게 맡기고 있었다. 수연은 화장실 창문으로 보이는 넝쿨장미와 비를 바라보며 그 축복을 받아들였다.

5년 후

　　창문 밖에서 풍경이 부딪히는 맑은 소리가 들려왔다. 바람이 좀 부는지 풍경소리는 바쁘게 울려 왔다. 라파엘 신부는 맑게 울리는 쇳소리를 즐기며 메일을 확인하고 있었다. 가장 반가운 것은 아프리카에서 온 메일이었다. 지호는 선교회에서 5년간 공부한 뒤 해외 선교 실습을 나간 터였다. 아프리카 잠비아에 가 있는 그는 공부할 때보다 훨씬 자주 편지를 보내 왔다. 마땅히 조언을 구할 데가 없는 탓일 것이다. 편지 내용에는 가족들 이야기도 가끔 섞여 있었는데, 인하가 잠비아에 같이 있어 그래도 힘이 된다고 했다. 대학에서 시간강사로 일하는 그도 방학을 맞아 잠비아로 간 모양이었다. 몇 달 전 수연이 임신했다며, 드디어 자기도 삼촌이 된다고 기뻐하는 편지가 왔던 것 같은데…… 그럼 지금 수연은 혼자 있나? 설마 임신한 몸으로 아프리카에 가 있지는 않을 테고. 궁금했으나, 라파엘 신부가 신경 쓸 일이 아니었으므로 냉정히 호기심을 접었다. 다소 상투적인 어구로 시작하는 메일이었지만 반듯한 형식 뒤에 숨은 사랑과 열정은 그대로 있다는 것을 느낄 수 있어 라파엘 신부는 미소 짓지 않을 수 없었다.

......

아직도 우리 주변에는
눈길을 한 번만 맞춰 달라는
작은 천사들의 눈망울이 가득합니다.
'멈추지 말고 계속 가거라.'
그들의 눈망울과 황폐한 땅을 번갈아 바라보며
번민을 느낄 때
마음 속 깊은 곳에서 들려온 말입니다.
우리가 믿고 갈 때마다
그분께서 부족한 모든 것을
채워 주시리라 믿습니다.

미사여구를 빼고 간단히 요약하자면, 잠비아에 있는 선교회가 재정적으로 어려움을 겪고 있으니 후원을 바란다는 내용이었다. 자기 동생 주례도 시키더니 이젠 돈까지 얻어다 달라고 강요에 가까운 부탁을 하고 있다. 라파엘 신부의 얼굴에는 따뜻한 미소가 피어올랐다. 지호가 호들갑스럽게 표현하는 성격이 아니라 그렇지, 편지 구석구석에는 라파엘 신부에 대한 흔들리지 않는 믿음이 깊게 배어 있었다. 편지를 쓰면서 지호는 이미 알았을 것이다. 라파엘 신부가 발 벗고 나서서 도와주리라는 것을. 결코 거절하지 않으리라는 것을.

......

또 한 번의 나눔으로
사랑과 희망을 부탁드립니다.

아무리 지호의 메일이 반갑고 자신을 믿어 주는 게 고맙긴 해도, 신자들에게 돈 이야기를 하려니 벌써부터 목이 뻐근해 왔다. 하지만 해야 할 일이었다. 한국 아이들은 영어학원, 수학학원, 악기 한 가지씩, 운동 한 가지씩 등등 여기저기 학원에 다니고 있다. 그 학원비 중에서 아주 작은 부분만 떼어 기부해도 잠비아의 아이들이 번듯한 학용품을 갖추고 학교에서 정규교육을 받을 수 있는 것이다. 아프리카 대륙 전체에는 아직도 학교에 못 다니는 아이들이 부지기수였다. 신자들에게 어떻게 말을 할까 고민하던 라파엘 신부는 '기도 모음' 행사에서 주일학교 아이들이 학원에 좀 안 갔으면 좋겠다고 하느님께 청원 기도를 적어 냈던 것을 떠올렸다. 한국 아이들은 쓸데없이 버거운 짐을 덜어서 좋을 터이고, 잠비아 아이들은 학교를 다닐 수 있으니 그야말로 일석이조라는 생각이 들어 갑자기 용기가 샘솟는 듯했다. 아이들 학원 한 가지를 줄여 우리 아이에겐 즐

겁게 놀 수 있는 시간을, 잠비아 아이에겐 배울 수 있는 기회를 주자는 내용으로 강론을 하면 되겠구나. 있는 집이건 없는 집이건 대부분의 아이들은 학원을 네댓 군데씩 다니고 있다. 돈도 돈이지만 시간은 어디서 나서 애들이 그 많은 공부를 하는지 모를 일이었다. 애들이라고 해서 더 많은 시간이 주어지는 것도 아닐 텐데……. 자신도 어렸을 적, 어머님이 꽤 공부를 시키신 편이었다. 그래도 반나절은 동네 애들하고 놀거나 하루 종일 피리 연습을 했던 기억이 있다. 요즘 애들도 학교에서 피리를 배우나본데, 그것도 학원에서 선행학습을 해 가는 경우가 다반사였다. 라파엘 신부는 초등학교 다닐 때, 음악 시험을 며칠 앞두고는 수학도 국어도 제쳐두고 하루 종일 피리만 연습했던 기억을 결코 잊을 수가 없었다. 평범한 일인 것 같지만, 그렇게 피리를 붙잡고 며칠을 끙끙 앓다 보면 어느새 피리소리가 달라진다는 것을 스스로 느낄 때의 그 기쁨. 지독한 반복 속에서 얻어지는 그 작고 오묘한 신비는 혼자가 아니면 절대 맛볼 수 없는 것이었다. 그것은 정말 혼자여야만 얻을 수 있는 힘인 것이다. 더욱 확신이 생긴 라파엘 신부는 신자들의 눈치를 보지 말고 하고자 하는 얘기를 해야겠다고 생각했다. 성당에 열심인 몇몇 자매님들의 얼굴이 떠올랐다. 다들 목매고 자녀들을 유명 학원에 보내고 있었다. 그들이 뒤에서 뭐라고 할까? 그래도 후원금은 좀 내겠지. 치사스런 생각이 들었다. 사제가 되면 돈 따위는 일절 상관 않고 우아하게 살 줄 알았는데, 어딜 가나 결국 돈이었다. 그래도 그것이 내 일이다. 낮은 곳에 서서 돌 맞고 욕먹고 무시당하는 것. 내가 한 번 낮아지면 몇 명의 아이들이 학교에 다닐 수 있을지도 모른다고 생각하자 다시 용기가 났다. 라파엘 신부는 답신에 후원을 약속하고 보내기 버튼을 클릭했다. 클릭과 동시에 책임감이 몰려와 사뭇 부담스러웠다. 라파엘 신부는 어서 강론을 준비해야겠다고 생각했다. 강론 준비를 하려고 메일함을 닫으려다가 마지막으로 다시 한 번 받은 메일함을 확인했다. 편지를 쓰는 동안에도 여러 통의 메일이 와 있었다. 라파엘 신부가 몸담고 있는 학회 소식지, 광고 메일, 칠레에 가 있는 동기, 열성 자매님들, 사목회장님, ……스텔라 리? 낯선 이름이 있다. 스팸메일인가? 그대로 삭제하려다 혹시 신자일지 모른다는 생각에 확인 버튼을 클릭했다.

안녕하십니까? 저는 미국 인디애나 주 블루밍턴에 살고 있는 스텔라 리라고 합니다.

이종현 님 맞으시지요? 어머님 성함이 김선애 님이시고, 아버님께서 모 은행장을 지내신 이석헌 님 맞으시지요?

조만간 제가 한국에 갈 예정인데 한 번 뵀으면 해서 메일을 드립니다. 저는 인디애나대학에서 경영학을 전공하는 학생입니다. 개인적으로 드릴 말씀이 있습니다.

스텔라 리

다소 불쾌한 정체불명의 메일이었다. 아니, 정체야 분명하지만, 라파엘 신부가 모른다고 생각하는 사람이 부모님 성함을 들먹거리니 여간 기분이 상하는 게 아니었다. 설령 불쾌하지 않더라도 이런 식의 제의를 받아들일 만큼 한가하지도 않았다. 그냥 모른 척 스팸메일 처리를 하려 했으나 부모님 성함을 알고 있다는 게 왠지 마음에 걸렸다. 사기꾼은 아닌 것 같고, 아직 학생이라는 데 믿음을 두기로 하고 라파엘 신부는 답장을 썼다.

†찬미 예수
죄송하지만 누구신지도 모르고
무슨 일로 만나는지도 모르는데
만날 약속을 하기는 좀 불편합니다.
저를 만나야 하는 이유나 상황을 좀 말씀해 주시면
여건이 되는 대로 시간을 낼 수도 있겠지만
현재로서는 전혀 약속을 드릴 수가 없습니다.

불쾌한 마음을 감추고, 라파엘 신부는 최대한 정중하게 메일을 보냈다. 도대체 누구인데 함부로 사제의 부모 이름을 들먹일까? 승가에서도 속세 일을 묻지 않듯이 사제나 수녀에게 나이나 집안 애기를 콜콜히 묻는 건 무례한 일이었다. 누군지 한번 보면 그런 행동은 앞으로 삼가라고 가르쳐 줘야겠군. 묘한

것은 라파엘 신부가 은연중에 어떤 식으로든 그를 만나야겠다
고 결심하고 있다는 거였다. 라파엘 신부는 그것을 깨닫고 한
층 불쾌한 생각이 들었다. 괜히 시간만 낭비했군. 빨리 강론
준비를 해야 한다는 생각이 떠올라 라파엘 신부는 메일 함을
닫고 노트를 꺼냈다. 허연 백지 위에서 숨을 몰아쉬던 그는 다
시 일어나 루이보스차 한 잔을 마시기 위해 물을 끓이기 시작
했다.

하루에도 몇 잔씩 마시는 루이보스차였으나 질리지가 않았
다. 카페인 음료에 맛들이지 않아 다행이라고 생각했다. 미사
강론은 생각보다 성공적이었다. 스스로도 의아할 정도로 말이
잘 나왔고, 절묘한 목소리의 떨림, 부드러운 성가 등이 강론을
도왔다. 걱정과는 달리 열성 자매님들의 호응을 받았다. 그들
의 수다에 힘입어 성당에 다니지 않는 동네 자매님들까지 후
원금을 낼지도 모른다. 다음 주까지 사무실에서 후원금 약정
서를 정리하여 보고를 올릴 것이다. 좀 서두르는 감이 있지만,
라파엘 신부는 지호에게 메일을 보내야겠다고 생각했다. 불확
실로 인한 근심과 번민에 조금이라도 위안을 주고 싶었던 것
이다. 지호는 아직 이전에 보낸 메일도 수신하지 않은 상태였
다. 대신 메일함에는 스텔라 리의 편지가 와 있었다.

제가 메일로 자세히 말씀드리기는 어려울 것 같습니다.

굳이 설명을 드리자면 저의 정체성에 관한 문제입니다.

저는 ○○년도 서울 출신이고, 그 다음해에 어머니와 함께 미국으로 건너왔습니다. ……사실 얼마 전 어머니께서 돌아가셨습니다.

돌아가시면서 어머니께서 한국에 가보라고 말씀하셨습니다.

여기까지 읽은 라파엘 신부는 좀 미안한 마음이 들었다. 그러나 의문이 풀리지 않는 건 왜 나를 찾아오는 건가 하는 질문이었다. 그리고 우리 부모님은 왜?

어머니께서 이종현 라파엘 신부님을 찾아가보라고 하셨습니다.

지금 ○○○성당에 보좌신부로 계신다고, 옛날에 신부님의 부모님께 신세를 진 적이 있다고 말씀하셨습니다.

사실 저도 한국에 아는 사람이 전혀 없어 달리 연락할 수 있는 사람도 없습니다.

시간 내 주시면 감사하겠습니다.

라파엘 신부는 그제야 마음이 놓이는 듯했다. 그렇다면 한 번쯤 시간을 내야 하지 않을까? 근데 그 여자분은 무슨 신세를 졌을까? 우리 부모님이 돈이라도 빌려준 걸까? 이제 갚으려는 건가? 라파엘 신부는 적이 마음이 놓여 만나야겠다고 생각했다. 더구나 그 어머님의 유언이라니. 망자를 존중하는 뜻에서라도 이 사람을 만나는 게 사제의 도리이다. 라파엘 신부는 조심스럽게 말을 골라 편지를 쓰기 시작했다.

제가 혹시 실례를 범한 건 아닌지 모르겠습니다.
전혀 모르는 분들이 많이 만나자고 하시는데 제가 다 뵐 수도 없고
어렵게 시간 내어 만나보면 사기꾼들도 있는 경우가 있어서 조심하고 있습니다.
괜찮으시다면 저희 본당으로 오시는 것도 좋겠습니다.
한국에 오시는 대로 연락 주시면 뵙기로 하지요.

보내기 버튼을 클릭한 후 다시 받은 편지함으로 들어갔다. 지호의 답장은 없었지만 편지를 읽은 터였다. 잠비아는 지금 아침이겠지. 지호가 답신을 할까 싶어 컴퓨터를 들여다보는 사이에 스텔라 리에게 보낸 메일이 수신되었다. 늘 인터넷이나 떠돌고 수시로 메일이나 확인하는 그런 사람일까? 새삼 의심이 들었으나 믿기로 한 이상 믿는 것이 도리라고 생각한 라파엘 신부는 우연이라고 치부하기로 했다. 그래도 마음이 불편해 컴퓨터를 끄려다가 위안을 얻을 겸 수연의 홈페이지를 방문했다. 사랑스러운 푸른색 스킨이 깔린 홈페이지에는 어딘지 수연을 닮은 어린 소녀가 벤치에 앉아 있었다. 반짝반짝 빛

나는 소녀의 눈이 라파엘 신부를 바라보고 있다. 지금은 혼자 있는 걸까? 인하가 잠비아에 가 있다면 수연은 지금 어디서 뭘 하고 있을까? 레지나 자매님이 옆에 있겠지. 출산 예정일은 언제일까? 여전히 나무하고 소곤거리고 환하게 웃고 그러겠지. 홈페이지에는 적지 않은 글 모음이 쌓여 있었다. 문학에 관한 짧은 생각들. 프랑스 작가의 이름과 몇몇 일본 작가들의 이름, 그들에 대한 단상. 피아노 곡에 대한 평. 인하가 연주한 피아노곡 모음. 라흐마니노프에 관한 글. 하노버 국립음대에 대한 소개. 불멸의 곡을 위하여. 라파엘 신부는 '불멸의 곡을 위하여'라는 제목을 클릭했다. 그것은 인하가 최근에 남긴 글이었다. 날짜로 보아 잠비아로 떠나기 전에 쓴 것 같았다.

음악은 우주의 언어입니다.
사람만이 음악을 듣는다고 생각하지만
돌들도, 나무도 음악을 듣습니다.
작은 새들도, 귀여운 강아지나 은밀한 맹수들,
심지어 해와 달, 별들도 음악을 듣습니다.
음악은 인간을 비롯한 모든 생명체가 유일하게 신과 동등하게 누릴 수 있는
가장 위대한 힘 가운데 하나입니다.
믿을 수 없겠지만 귀가 안 들려도
음악은 들을 수 있습니다.

바람과 숨을 맞추기 시작하면
음악이 흘러온다는 걸 느낄 겁니다.
모든 고요 속에는 음악이 있습니다.
진정한 고요만이 완벽한 음악을 들려줍니다.

그림에서도 음악소리가 들립니다.
고흐의 그림, 세잔의 그림, 모네와 르느와르의 그림들 속
에서
바람과 소리가 어우러져 음악의 춤이 시작됩니다.
글에서도 음악소리가 들립니다. 톨스토이의 글에서, 카잔차
키스의 글에서
장엄한 레퀴엠이 들려옵니다. 무명의 시인들의 글에서도
맑은 기타소리가 들려옵니다.
나는 감히 가장 아름다운 천상의 음악 중 하나를
지상으로 내려달라고 기도합니다.
하늘의 뜻이 땅에서도 이루어지듯이
천상의 음악이 땅에서도 존재하길 기도합니다.
그 불멸의 소리를 얻기 위해 나는 떠납니다.

그래서 잠비아로 간 걸까? 잠비아에 가면 불멸의 소리를 얻
을 수 있을까? 라파엘 신부는 홈페이지를 나왔다. 인하의 마지
막 말은 질투심과 함께 의구심까지 불러일으켰다. 인하를 처

음 보았을 때부터 라파엘 신부는 질투를 느꼈었다. 지호와 함께 만났던 순간 들었던, 수연이 왜 이런 남자와 결혼하려는 걸까 하는 의문은 인하가 입을 열면서부터는 수연과 지호가 이 정도로 사람 보는 눈이 있었나 하는 놀라움으로 바뀌었다. 키만 좀 컸지 별다를 게 없어 뵈는 추레한 외모에 테 굵은 안경까지. 더구나 요즘 세상에 남편 될 사람이 딴따라라니⋯⋯. 보아하니 돈이 많아서 예술을 하는 것 같지도 않았다. 피아노 치는 게 혹시 이 사람의 허영은 아닐까? 그러나 인하는 겪을수록 라파엘 신부의 선입견과는 정반대로, 차라리 사제가 됐으면 아주 잘 어울렸을 타입이었다. 결혼식을 올리기 전 면담을 했을 때 인하가 던졌던 질문들과 함부로 믿음을 맹세하지 않는 태도는 라파엘 신부에게 기쁨과 감탄을 줄 정도로 우직한 것이었다. 라파엘 신부는 인하가 힘든 길을 걸어왔다는 것을 느꼈다. 그리고 그가 신을 알고 있다는 것도. 동시에 그는 신이 가르쳐 주지 않는 어떤 무엇에 대해 끊임없이 캐묻고 있었다. 어찌 보면 인하는 라파엘 신부가 모르는 다른 길로 신께 다가가고 있었다. 불현듯 질투심과 교만이 라파엘 신부를 휘감았다. 자기가 신을 알면 얼마나 안다고⋯⋯. 나는 사제다. 교회 안에서 절대 권력을 가진 사제. 기름 부음 받은 자. 그러나 인하는 혹시 다른 종류의 기름 부음을 받은 건 아닐까. 어떤 종류의? 아니야. 그는 세례도 받지 않았다. 답답해져 왔다. 어쩌면 나야말로 허울 좋은 종교 안에서 서커스극을 하는 광대인지도 모른다. 세례를 안 받고도 입이 떡 벌어질 정도로 잘 사는 사람이 얼마나 많은가. 나같이 어려서부터 종교를 가졌던 사람은 또 얼마나 불행 속에서 허덕이는가. 그건 속세 일이니 그렇다고 쳐도, 고매한 인격과 행실을 가진 비신자를 대하면 자신도 신에 대해 새삼 궁금해하지 않을 수가 없었다. 저 사람은 뭔가. 예수님을 모르고도 저렇게 예수님을 본받아 잘 살고 있다니. 가톨릭 종교를 모르면서도 신에 대해 저토록 많은 걸 알고 있다니. 그럼 난 뭐 하러 이렇게 힘들게 신에 대해 공부를 하고, 속세를 벗어나 신부가 되었을까. 굳이 그렇게 하지 않고도 알 수 있는 일을 왜 이토록 힘들게 알아야 했을까?

초를 켰다. 컴퓨터도 꺼야겠다. 혼자 있고 싶다. 라파엘 신부는 컴퓨터를 끄려다 메일이 와 있는 것을 보았다. 지호의 답장이 와 있었다.

신부님, 정말 감사합니다.

신부님의 메일을 보고 저도 인하도 너무나 기뻤습니다.

인하는 여기 아이들에게 음악을 가르쳐 줍니다.

영어도 가르치기 바쁜데 음악은 뭐 하러 가르치냐고 하실지 모르지만

음악과 춤이야말로 아이들과 가장 친해질 수 있는 도구입니다.

악기라고 해야 북하고 딸랑거리는 종, 나팔 비슷한 타악기들

이 전부입니다.

피아노 같은 건 꿈꿀 수도 없지만, 인하가 피리로 음계를 가르치고 있어요.

피리가 배우기 쉬우면서도 정확한 음을 내는 악기라는 걸 저도 요즘에야 알았습니다.

인하가 아이들에게 피리 가르치는 모습을 보여 드리고 싶어요.

여기서 봉사하시는 수녀님들도 감탄하십니다.

후원금이 모이면 피리부터 서른 개 정도 사서 보내 주시면 고맙겠습니다.

무엇보다 필요한 게 돈이지만, 여기서 피리를 구하기는 좀 어려워요.

자꾸 부탁만 드리고…… 예수님께 감사드립니다.

당장 정규 교육을 받아야 할 아이들이 열일곱 명입니다. 후원금이 마련되는 대로 이 아이들부터 학교에 입학시킬 계획입니다.

정말 감사합니다. 계속 연락드리겠습니다.

피리 몇 개 정도야 라파엘 신부 자신의 돈으로도 보낼 수 있다고 생각했다. 불멸의 곡을 얻으러 간다더니 잠비아 아이들에게 피리를 가르치고 있는 모양이지. 라파엘 신부는 내일 당장 마트에서 피리 서른 개를 사다가 바로 잠비아로 보내야겠다고 생각했다. 피리값보다 항공우편료가 몇 배 더 들겠지만. 그럼 내일은 오전부터 좀 바쁘게 다녀야겠군. 라파엘 신부는 컴퓨터를 끄고 초 옆에 놓인 기도책을 집어 들었다.

촛불이 울렁이고, 상대적으로 더 그늘진 어둠 속에서 십자고상이 보였다. 아이들에게 둘러싸여 피리를 부는 인하의 모습을 그려 보았다. 고요 속에 음악이 있다고? 라파엘 신부는 고요 속에 앉았다. 혹시 몰라 전화 코드, 휴대전화 등 모든 것을 차단시켰다. 커튼도 닫았다. 펄럭이는 바람이 촛불을 흔들었으나, 촛불은 이내 평정을 되찾고 고요히 타오르기 시작했다. 노란색에 가까운 주홍빛이 무수히 형체를 바꾸며 바람을 호리고 있었다. 가끔씩 불꽃을 파닥거리며 불똥이 튀어 오르는 소리가 들렸다. 그것 말고는 아무 소리도 들리지 않았다. 희미하게나마 음악소리를 기대했던 라파엘 신부의 귓가에는 먹먹한 적막이 감돌았다. 그 적막을 서서히 뚫고 들어오는 건 음악소리가 아니라 웅얼거리며 몰려오는 기도소리였다. 기도가 위대하다고? 그건 신의 광휘를 입은 성스러운 무엇이 아니라 인간들의 추접한 삶의 찌끼와도 같았다. 라파엘 신부는 악취와 향기가 뒤섞여 먼지처럼 피어오르는 무수한 기도들을 하나씩 끄집어내기 시작했다. 눈물과 미움, 증오와 아쉬움이 범벅이 된 기도 덩어리를 실타래 풀듯 하나씩 풀어내자 좀 더 자세한 것들이 따라 나오기 시작했다. 오랜 흐느낌……. 우리 남편을 죽여주세요…… 저와 아이들을 이렇게 버려둔 채 젊은 여자와 놀아나고 있습니다…… 흑, 흑, 그년과 함께 그대로 고꾸라져 죽게 해 주세요……. 불덩어리가 이글거리는 환영이 스쳐간다……. 시어머니가 너무 싫습니다…… 저를 너무 우습게 알아요…… 자기 자식만 사람인 줄 알고…… 저도 귀한 자식입니다……. 흐느낌……. 제 자식이 1등 하게 해 주세요. 꼭! 꼭! 꼭! 제발…… 아이가 1등을 못하면 전 죽을지도 모릅니다……. 절 사랑하게 만들어주세요…… 그가 절 사랑하도록……. 기도는 대부분 오물덩어리처럼 부푼 감정의 응어리였다. 가장 강렬한 기도가 가장 큰 소리로 들려왔다. 감사하다는 말소리는 너무 작아 거의 들리지도 않는다. 라파엘 신부는 가끔 하느님이 이 기도들을 들으실까 하는 궁금증이 들었다. 얼마나 역겨울까. 거의 쉬지도 않고 전 세계에서 올라오는 이런 종류의 기도를 듣는다는 건 어떤 기분일까. 기도는 무섭기까지 했다. 기괴한 공포로 마음이 상할 대로 상한 라파엘 신부는 신경질적으로 성경을 펼쳐 들었다.

내가 진실로 진실로 너희에게 말한다.
너희가 내 이름으로 아버지께 청하는 것은 무엇이든지
그분께서 너희에게 주실 것이다. (요한16 : 25)

착잡했다. 그럼 세상에 존재하는 이 무수한 불행들은 다 무엇인가. 전쟁과 강간. 살인. 폭력. 굶주림과 질병. 도대체 누가 이런 것들을 갈구하는가. 엊그저께만 해도 여덟 살 난 여자아이가 버젓한 대낮에 학교 놀이터에서 놀다가 유괴되어 끌려가 온몸이 망가져 피투성이가 된 채 발견되었다. 주님께서는 왜 이런 것들을 허용하시는가. 아이에 대한 부모들의 간절한 기도가 들리지 않는 걸까? 설마 부모들이 자기 아이를 위해 기도조차 하지 않는 걸까? 설령 무신론자라 안 믿어서 기도를 하지 않는다 하더라도, 주님께서는 당연히 아이들 정도는 지켜 주셔야 하는 것 아닌가. 무신론자든 나쁜 놈이든, 그 아이들이야 무슨 잘못이 있겠는가. 이런 일들을 대할 때마다 자신이 사제라는 것조차 부끄러웠다. 아…… 제발 어린이에 대한 범죄만이라도 좀 일어나지 않았으면……. 도저히 견딜 수가 없다. 곳곳에서 일어나는 범죄들이 검은 구름처럼 일어나 걸어와 라파엘 신부를 마주보며 '네가 뭔데?'라고 히죽거리며 비웃는 것 같다. 범죄보다 덜하긴 해도, 불의의 사고도 마찬가지였다. 도대체 위로의 말을 찾을 수가 없다. 사제랍시고 입 꾹 다물고 기도하는 척하는 수밖에. 이제 잊은 지 오래지만, 윤희의 죽음 역시 아직 이해할 수 없다. 그 어린 핏덩이의 모습도. 인간 이종현이 얼마나 순결하게 살았는지 가장 잘 아실 텐데……. 의대에 다니던 시절, 동기들이 숱하게 여자를 섭렵하는 데 열을 올릴 때 윤희 하나만 사랑했다는 것. 선배들이 남자로 만들어 준답시고 사창가로 끌고 가 억지로 매춘을 시켰을 때도 있는 돈 다 내주고 그 여자 손끝도 건드리지 않았던 것. 주님, 당신은 다 보시지 않았습니까? 오만가지 더러운 짓들을 밥 먹듯이 하다 결혼해 아들 딸 낳고 잘 사는 남자들이 얼마나 많은데…… 왜 저는 정말 사랑했던 한 여자마저 잃어야 했습니까? 결혼식을 앞두고 그녀를 취한 것이 그렇게 큰 죄였습니까? 어머니는 또 얼마나 지성으로 성당만을 다니며 성스러운 생활을 해 왔습니까? 자신이 의대에 들어갔을 때 어머니가 기뻐하던 모습이 떠올랐다. 그리고 윤희가 죽은 뒤, 몇 달을 두고 흙빛이 된 얼굴로 '나, 너만 보고 살았다. 난…… 너만 보고 살았어'라고 뜬금없는 말씀을 반복하시던 모습. 어머니와 아버지는 싸움 한 번 크게 하는 분들이 아니셨다. 어머니는 아들인 자신에게 들이는 정성과 똑같이 아버지를 대하며 일생을 살았다. 그러나 아버지는 끝내 성당에 다니지 않으셨다. 젊었을 때는 직장 때문에 다닐 수 없다는 핑계를 대셨지만, 지금은 일이 없어 시간만 남아 주체할 수 없을 지경이 되어도 역시 다니지 않으신다. 다만 라파엘 신부가 사제 서품을 받을 때, 그때만큼은 진심으로 미사에 오신 것을 알 수 있었다. 그 이후에도 가끔 아들을 멀리서 보기 위해 라파엘 신부가 부임한 성당에 찾아오셔서 미사를 드리고 가셨다. 가시면서 따로 아들과 인사도 하지 않으셨다. 올 때마다 아버지는 어머니 없이 혼자였다. 아버지는 아들이 자기를 못 알아본다고 생각하는 것 같았다. 하지만 제대 위에 서면 신자들 모두의 얼굴을 확인할 수 있고, 무릎에 내려둔 손으로 무엇을 하는지도 보일 정도다. 아버지는 왜 혼자 오는 걸까? 어머니가 바쁘시긴 하지. 워낙 성당 일에 열심인지라 집에 늘 있는 어머니는 아니었다. 어쨌든 두 분도 그렇게 성실히 예수님을 따라 사신 분들인데, 손자 손녀도 없이 쓸쓸히 늙어가신다 생각하니 죄스러운 생각도 들었다. 라파엘 신부는 성경을 덮었다. 기도도, 성경 말씀도, 음악도 들리지 않았다. 아무 소리도 들리지 않는 채 귀는 먹먹하게 막혀 가고 있었다. 촛불을 바라보던 요셉 신부는 버릇처럼 늘 하던 기도를 드렸다.

인자로운 주께서는
항상 저희를 보살펴 주시고
당신 곁에 머무는 모든 이들을
불멸로 이끌어 주소서.

이어 묵주를 꺼내 들었다. 라파엘 신부는 묵주 알을 굴리며, 어릴 적 맛보았던 단순한 반복에서 오는 평화의 끝자락을 따라가고 있었다.

*

스텔라는 대단한 미인이었다. 키도 크고 얼굴도 이목구비가 뚜렷해서, 얼핏 봐서는 한국인 2세인지 원어민인지 구분할 수 없을 정도였다. 길게 파마를 한 짙은 흑발은 동양인이라기보다 묘한 이국적 분위기를 주고 있었다. 그 머리 위에 왕관처럼 얹은 하얗고 넓은 머리띠는 시원해 보였다. 첫인상에도 재미교포 냄새가 풀풀 풍겼다. 노골적인 화려함이 약간 부담스럽기도 했으나 한국 여자들에게는 보기 어려운 시원스러움이 내심 맘에 드는 것도 사실이었다. 적어도 내숭 떨다가 뒤에 가서 딴 소릴 할 것 같지는 않은 느낌이랄까. 첫눈에 라파엘 신부는 스텔라의 시원시원한 외모가 마음에 들었다. 스텔라가 먼저 손을 내밀었다.

"안녕하세요?"

이 말은 스텔라가 유일하게 제대로 발음한 한국말이었다. 이것 말고는 스텔라의 한국어는 거의 알아들을 수가 없었다. 한국말은 잘 알고 있는 것 같았으나 발음이 너무 엉망이었다. 그래도 라파엘 신부는 들어주는 척을 하며 여자를 맞이했다. 오가는 사람들이 스텔라를 흘끔흘끔 쳐다보는 것이 적잖이 부담스러웠다. 라파엘 신부는 스텔라를 면담실로 데리고 들어갔다. 통유리가 벽의 삼분의 일을 차지하고 있어 밖에서 안이 환히 들여다보이면서도 방음처리가 되어 편하게 이야기할 수 있었다. 꽉 막힌 면담실에서 번번이 자매님들과 면담하자니 부담스럽고(면담은 주로 여자들이 자주 한다), 그렇다고 사람들 오가는 데서 진지한 얘기를 나누기도 역시 부담스러워서 이전에 계셨던 주임신부님께서 마련해 놓으신 것이었다.

스텔라는 진중한 편은 아니었다. 보라는 듯 다리를 꼬고 앉더니 담배를 피워도 되냐고 물었다. 왠지 담배를 피우지도 못하면서 어깃장을 놓는다는 느낌으로 다가왔다.

"안 됩니다. 여기는 술, 담배 하는 곳이 아닙니다."

샐쭉한 표정으로 커피는 되면서 왜 담배는 안 되냐고 투덜거렸다. 왠지 씁쓸했다. 전혀 예상하지 않았던 것은 아니지만, 여자의 모습은 실망스러웠다.

"어머님께서 제 부모님을 잘 아신다고 하셨지요?"

라파엘 신부는 빨리 본론으로 들어가고 싶었다. 이런 여자와 오래 앉아 있어봐야 좋을 게 없었다. 공연히 구설수에 올라서 쌓아 놓은 공마저 다 깎아먹고 욕먹는 일이 허다하다. 화려한 외모에 호감을 느꼈던 만큼 빨리 얘기를 끝내고 돌려보내야겠다는 부담도 적지 않았다. 더구나 신부 앞에서 담배를 피우겠다니. 불쾌하다. 나이가 아버지뻘 되는 총회장님도 존대를 하는데……. 만나는 게 아니었다.

"에……. 엄마가 미국에 오기 전에 신세를 많이 졌다고 하셨어요."

갑자기 말을 연습해 온 것처럼 또박또박 발음이 분명해졌다.

"무슨 신세를……?"

"우리 엄마가 미혼모였어요. 저 못 낳을 뻔했는데 돈도 주시고 도와주시고 해서 제가 태어날 수 있었대요."

역시 그랬군. 어머니가 그런 일에는 워낙 발 벗고 나서서 도와주셨던 분이지. 어쨌든 한 생명이 또 이렇게 태어나서 자랐으니…… 보람이 있는 거지. 근데 정말 학생인 걸까?

"엄마가 저 키우면서 고생 많이 했어요. 말도 잘 안 통하는 미국까지 가서……. 처음에 저 입양 보내려다가 엄마가 저 못 잊어서 같이 살게 된 거예요."

라파엘 신부는 잠자코 말을 기다렸다. 들어 주는 게 도움이 될 것 같았다.

"입양하기로 한 미국 부모님이 저 양보해서…… 엄마가 키웠어요. 자라면서…… 그 미국 부모님이 양보 안 했으면 더 좋았을 텐데, 라는 생각 많이 했어요."

스텔라는 잘 몰라서 그러는 건지 남 얘기하듯 툭툭 내뱉었다. 너무 경망스럽게 구는 그녀의 얘기를 계속 듣기가 거북스러웠다.

"그런데…… 저는 왜 찾아오신 건지……."

말을 맺지도 못하게 여자가 킬힐을 신은 발을 요란하게 딱 소리 나게 떨어뜨렸다. 정신이 몽롱한 듯 멍한 시선을 이리저리 굴리더니 라파엘 신부와 눈을 맞추었다.

"그냥…… 엄마가 찾아보라고 해서요."

시간 낭비였다. 정말 대학생이긴 한 걸까? 미혼모, 사생아, 입양. 사기꾼은 아닌가? 우리 어머니에게 사기를 치고, 나한테까지 사기를 치려는 건 아닐까?

"예……. 어머님께서 돌아가셨다고 하셨지요?"

"예. 캔서. 2년 전에 돌아가셨어요. 한국에 많이 오고 싶어 했어요. 저도 더 일찍 오려고 했는데 이것저것 준비하다 보니 2년이 지나 버렸어요. 돌아가시면서 김선애라는 분한테 정말 미안하다고, 미안하다는 말 좀 꼭 전해 줬으면 좋겠다고 말씀 하셨어요."

도움을 받았다고 하면서도 별로 좋은 느낌이 들지는 않았다. 이 여자가 정말 하고 싶은 얘기는 뭘까?

"신부님 막상 만나니까 할 말이 별로 없어요. 오기 전엔 할 말이 아주 많았는데."

여자도 입을 다물었다. 이제 보내야 하지 않을까. 적당한 말을 찾고 있는데 여자가 일어서며 말했다.

"내일 또 올게요. 곧 미국에 가야 해요……. 빨리 얘기를 하고 나서……."

두서없는 말에 짜증이 나기도 했으나 여자의 불안한 모습이 안쓰럽게 느껴졌다. 어쨌거나 조국이라고 멀리서 찾아왔는데…… 연고도 없고. 또 어머니의 명망도 있으니 다독거려 주고 예수님을 알려 주고, 그러는 게 도리일 것이다.

"예, 그러세요. 내일 이맘때 오세요. 지금처럼 20분 정도야 낼 수 있어요. 바로 여기로 오시면 되겠네요."

"예, 내일 뵐게요."

여자가 나가고 난 후 그녀가 앉아 있던 의자에서 반짝거리는 것이 눈에 띄었다. 무슨 장식품인 것 같은데, 사람의 모습을 한 작은 나무인형이었다. 어디선가 본 듯한 낯설지 않은 물건이었다. 나무인형의 눈알에 싸구려 보석이 박혀 반짝거리고 있었다. 파란 보석은 서양인들의 파란 눈빛 같기도 하고 눈물을 머금은 것 같은 느낌을 주기도 했다. 빨리 쫓아가 불러 세울까 하다가 내일 오기로 한 것이 생각나 그냥 앉았다.

그날 밤, 라파엘 신부는 꿈속에서 자신의 어린 시절과 몇 년 전 보았던 애니메이션이 뒤섞이며 묘한 공포에 쫓겨 다녀야 했다. 아이인 자기가 엄마를 부르며 집으로 들어간다. 엄마는 부엌에서 요리를 하고 있다. 맛있는 음식 냄새. 자기가 좋아하는 음식이다. 엄마는 친절하게 음식을 접시에 담아 아이에게 내민다. 아이가 고맙다고 말하며 엄마를 바라보는데 엄마의 눈에는 파란 보석이 박혀 있다. 아이가 섬뜩해하며 뒤로 물러나자 음식은 꼬물거리는 구더기떼로 변한다. 일어나 밖으로 달려가려고 해도 문이 열리지 않는다. 겨우 문을 열면 문이 또 있고, 또 문이 있고…… 파란 보석 눈알을 한 엄마가 다가온다. 제발…… 문 좀……! 다가오는 엄마가 무서워서 견딜 수가 없다. 파란 보석 눈알이 코앞에 다가오는 순간, 장면이 바뀌며 하얀 앞치마를 두른 스텔라가 서 있다. 스텔라의 길고 검은 머리. 엄마로부터 도망쳐서 다행이라고 생각하며 다가가지만 스텔라의 얼굴은 굳어 있다. 스텔라에게 아까 잘해 주지 못해 미안하다고 말하려고 다가가는데 스텔라는 뻣뻣한 몸을 부자연스럽게 움직이며 종현에게 다가온다. 예쁜 얼굴은 점점 이지러지고 몸은 더욱 뻣뻣하게 삐걱거리며 걸어온다. 종현은 도망치려 애쓰지만 종현도 스텔라도 앞으로 나가지 못한다. 여전히 삐걱거리는 몸을 뒤틀고 걸어오려는 스텔라와 아무리 뛰려 해도 앞으로 나갈 수 없는 종현이 쫓고 쫓긴다. 회색 어둠 속에서 스텔라가 점점 뒤쳐지며 보이지 않는다.

꿈. 인생의 반은 꿈이다. 이건 상투적인 비유가 아니라 산술에 근거한 엄연한 사실이다. 사람은 잠자고 있지 않을 때에도 꿈을 꾼다. 스텔라. 아름다우면서 불길한 모습. 엄마. 왜? 꿈속에서 빠져나온 종현은 땀을 흘리면서도 꿈을 해석하려고 애썼다. 귀신의 형상이 나타나는 것보다 이런 식의 꿈이 더 공포스럽다. 버거운 어둠. 완전한 어둠도 아닌 무거운 으슥함. 범죄의 냄새. 그래. 범죄의 냄새가 나서 이렇게 싫은 거구나. 역시 그 여자는 사기꾼이거나 뭐 그런 비슷한 유겠지. 종현은 아무 연관 없이 얼마 전에 몇 번이나 반복됐던 다른 꿈을 되새겨 보았다. 어두운 골목. 밤이다. 종현의 몸은 공중에서 떠다니고 있었다. 다리가 닿지 않은 채 지상에서 약간 떠다니던 종현은 어느 골목으로 들어갔다. 그 골목길에서 맨 끝집으로 들어간다. 허름한 방이 하나 있다. 문을 열고 들어가자 남자 혹은 여인 한 명이 죽어 있다. 머리카락이 좀 길게 자란 것 말고는, 죽은 지 제법 됐는지 반 이상이 썩어 형체를 알아볼 수가 없다. 꿈속에서도 무서워서 얼굴을 돌리고 나온다. 나오자마자 골목을 벗어나는 그 큰길에, 검은색에 가까운 짙은 갈색 선글라스가 눈에 띈다. 종현은 그것이 범인이 남긴 유일한 증거품이라는 걸 알았다. 그러나 떠다니는 지금의 종현으로서는 그 안경을 주울 수가 없었다. 며칠 후에 똑같은 꿈이 반복되었다. 역시 그 안경. 세 번째 똑같은 꿈이 반복됐는데, 그 안경이 없어졌다. 그리고 그 꿈은 다시는 꾸지 않았다. 종현은 그 꿈이 궁금해서 견딜 수가 없었다. 누군가 도와달라고 하는 것 같은데 아무리 생각해도 그 골목이 어디인지, 죽은 사람이 누구인지 알 수가 없었다. 미안한 생각도 들었지만 어찌할 도리가 없었다. 하지만 가끔씩 그 꿈에 대해 생각하고 빨리 억울한 일이 해결되기를 기도했다. 그리고 6개월 후쯤, 라파엘 신부는 꿈결에서 '○○○이 죽었다'라는 음성을 들었다. 그러나 그 얘기를 누구에게 한단 말인가. 그야말로 오히려 무고죄로 라파엘 신부가 감옥으로 끌려갈지도 모를 일이었다. 등에서 땀이 훅 솟아올랐다. 그 이름은 라파엘 신부가 알고 있는 이름이었다. 지금 가지고 있는 연락처는 없지만 한두 군데 연락해 보면 얼마든지 당장 만날 수도 있는 사람이었다. 이름을 알고 나자 그 동네가 어디인지도 깨달았다. 그 골목길은 그 사람의 집에서 가까운 동네였다. 그러나 도저히 나설 수가 없었다. 라파엘 신부는 그 일은 잊기로 했다. 그렇다면 그는 완전범죄를 저지르고 버젓이 나다니는 걸까? 신부의 침묵까지 힘입어서? 한숨이 몰려온다. 아니, 내 잘못이 아니다. 꿈을 가지고 법정에 갈 수는 없지 않은가. 형사나 검사들조차 빤한 범죄를 눈앞에 두고도 증거를 못 찾아 풀어 주는 경우가 얼마나 많은데…… 꿈이라니. 이건 내 잘못이 아니다……. 뻣뻣한 스텔라. 보석 눈을 가진 엄마. 뭘까? 라파엘 신부는 물을 마시려고 일어섰다. 하지만 일어난 김에 불을 켜고 루이보스차를 끓이기 시작했다. 차가 끓는 동안 컴퓨터를 켜고 그 살인자의 이름을 검색 창에 쳐 보았다. 똑같은 이름이 무수히 떴다. 바보 같은 짓이다. 괜히 애매한 사람을 범죄자로 만들면 정말 지울 수 없는 죄를 짓는 것이다. 잊자. 그냥 아무것도 아닌 꿈. 허상일 수도 있다. 말 그대로 개꿈이라면? 후후! 냉소가 저절로 새어 나왔다. 그렇다면 진짜 나 혼자 생쑈를 하고 있는 것 아닌가. 라파엘 신부는 고개를 절레절레 저었다. 미친 짓이다. 물이 끓는지 주전자가 삑삑거렸다. 차나 한 잔 마시고 정신 좀 차리자. 점점 나이가 들면서 꿈도 갈수록 요상해지는 것 같다. 그래, 이런 걸 조심해야지……. 꿈은 주님으로부터 오기도 하지만 악마도 얼마든지 들락거릴 수 있는 곳이다.

컴퓨터는 메일이 열 통도 넘게 와 있다고 계속 메신저를 띄워 올렸다. 지호의 메일이 두 통이나 와 있었다. 무슨 일일까. 후원금 받은 걸로 무슨 공사를 한다며 한동안 뜸하더니 이틀 사이에 두 통씩이나.

신부님, 인하가 자꾸 열이 나고 식사를 못합니다. 괜찮을 줄 알았는데, 지금은 침대에 누워서 일어나지도 못하고 있습니다. 겁이 더럭 나요. 설마 무슨 일이야 생기겠습니까. 근데…… 너무 불안해요. 기도 부탁드립니다. 신부님밖에 의지할 데가 없어요.

수연이는 말할 것도 없고, 어머니한테도 연락을 못하겠어요. 기도해 주세요.

병원은 너무나 멀리 떨어져 있어요. 한국이 뼈저리게 그리워집니다. 아마 지금쯤 연락이 가서 의사가 오고 있을 겁니다. 기도해 주세요.

인하가 아파? 머릿속에 번개처럼 병명이 스쳐갔다. 의사로서의 직감인지 신부로서의 직감인지 그 뿌리는 알 수 없지만, 인하의 모습이 선연히 떠오르며 병의 이름도 같이 떠올랐다. 설마……. 의사 이종현은 '그래도 괜찮겠지' 라고 말하고 있었고 라파엘 신부는 수연에게 다가올 폭풍우를 느끼고 있었다. 하루 전 앞서 온 메일만 해도 어두운 얘기가 없는 것으로 보아 병이 급속히 도지고 있는 것 같았다.

†찬미 예수
여기 날씨는 요즘 정말 선선한 것이 아프리카라고 할 수 없을 것 같습니다.

보내 주신 후원금으로 아이들이 학교에 잘 다니고 있습니다.

특히 무웨와는 크면 훌륭한 사람이 되어서 한국 사람들의 도움을 꼭 갚겠다며 열성을 보입니다.

제가 얼마나 보람 있는 삶을 사는지 모르실 겁니다.

인하는 학생들에게 음악도 가르쳐 주고 영어도 가르쳐 주고 수도원 내의 힘든 일을 도맡아 하고 있습니다. 수연이가 보면 속상해 할 정도예요.

아이들과 어울려 노는 인하를 보면 제가 정말 과분한 형제 하나를 얻었구나 하는 생각이 듭니다.

그리고 신부님께 너무 감사드립니다. 신부님은 제게 아버지와도 같습니다.

제가 모든 걸 잃었다고 생각했을 때, 저는 다시 모든 걸 얻었습니다.

이 오묘한 계산법은 아마 주님께서만이 쓰시는 수학일 겁니다.

주님의 영광이 모두에게.

기도 속에서 만나뵐 수 있기를 바라며.

무풀리라에서

세례자 요한 드림.

"따르르릉, 따르르릉."

갑작스럽게 울리는 요란한 소리에 라파엘 신부는 화들짝 놀랐다. 처음엔 전화 벨소리라고 생각했으나 기상 시간을 알리는 알람소리라는 것을 알고 시계를 바라보았다. 벌써 4시인가? 기도할 시간이다. 오늘은 새벽부터 기도할 것들이 너무나 많다. 물어보고 싶은 것도. 여러 가지 일들이 가슴 위에서 서로 엉켜 체증이 일었다. 창문을 열었다. 바람이 들어오면서 머리를 맑게 씻어 주었다. 무게가 덜한 것들이 바람에 날아가 저만치 떨어진다. 인하, 수연이, 지호, 스텔라, 어머니, 누군지 알 수 없는 시신, 살인자 ○○○, 학교에서 납치됐던 여덟 살 난 아이, 그 범죄자, 이 동네에 사는 어린아이들, 힘없는 노인들, 잠비아의 어린이들, 아직 태어나지 않은 아이들. 라파엘 신부는 샤워를 하고 옷을 갈아입으며 하나하나 기도를 정리해 나갔다. 질문들도 순서를 정해 번호를 붙여 정리해 나갔다. 왜 아이들이 범죄의 희생양이 되어야만 하는지. 왜 선한 사람들이 병으로 고생하거나 죽기까지 하는지. 왜 그토록 많은 아이들이 굶주리고, 불치의 병으로 죽어가는지. 당신께서는 인간을 사랑하신다는데, 우리는 왜 이렇게 버거운 상처를 떠안고 살아야 하는지. 라파엘 신부가 초를 켜고 책상 앞에 앉았을 때, 순서대로 늘어선 기도들은 자신의 차례를 기다리며 조용히 떠날 채비를 하고 있었다. 창으로 들어오는 바람은 라파엘 신부를 휘감다가 기도를 실은 채 창문을 빠져나가 하늘로 올라갔다. 바람의 끝에 매달린 기도들은 라파엘 신부의 마음을 떠나 천국으로 향하는 여행을 떠나기 시작했다. 사제관 창밖으로 새어 나오는, 크고 작은 모습으로 둥글게 부푼 영롱한 구슬들은 바

람을 타고 올라 아직 희미하게 빛나는 별들 사이를 지나 하늘
로 올라갔다.

　스텔라는 일찍 와 있었다. 라파엘 신부는 약속에 늦는 것을
싫어하는데다 면담도 오래 끌고 싶지 않아 빨리 끝내야겠다는
생각에 서둘렀는데, 스텔라는 벌써 와서 커피까지 한 잔 마시
면서 기다리고 있었다.
　“오래 기다리셨나요?”
　“아니요. 신부님도 일찍 나오셨네요?”
　여자는 어제보다는 좀 단정한 모습이었다. 긴 파마 머리를
뒤로 묶어서 말꼬리처럼 늘어뜨린 때문인지 얌전해 보이면서
도 생기가 넘쳤다.
　“참, 어제 이게 떨어져 있던데…….”
　라파엘 신부는 나무인형을 내밀었다. 스텔라의 얼굴이 살짝
굳었다 풀어졌다.
　“제가 이걸 놓고 갔어요?”
　“예. 의자에 떨어져 있었어요.”
　라파엘 신부가 내미는데도 받을 생각도 않고, 스텔라는 그
나무인형을 뚫어져라 노려보았다.
　“그거, 신부님 가지세요. 엄마가 저한테 준 건데…… 엄마한
테 받은 뒤로 한 번도 손에서 놓은 적이 없었어요. 늘 가지고
다녔었거든요. 그거…… 사실은…… 제 아빠가 저한테 주는

선물이었대요. 그걸 주면서 이름도 지어 주셨대요. 그 이름, 거의 쓴 적 없어요. 엄마만 불렀지요. 전 아빠 얼굴도 몰라요. 이런 선물이 있었는지도, 이름을 아빠가 지어 줬는지도 몰랐어요. 엄마가 돌아가시기 얼마 전에 줬어요. 좀 더 일찍 줬더라면 저도 아빠가…… 아빠를 상상해 볼 수 있었겠지요."

"이런 걸 왜 제게 주십니까? 소중한 건데……."

라파엘 신부는 인형을 내려놓고 스텔라의 말을 기다렸다. 한국 이름을 물어볼까 했으나 잠자코 있는 게 나을 것 같았다. 스텔라는 말을 준비해 왔는지 알아듣기 쉽게 이야기를 해 나갔다. 어찌 들으면 싸구려 잡지에나 나올 법한 얘기였으나, 마주하고 있는 아직 어린 영혼을 가진 한 사람에게 실제 일어난 일이라고 생각하면 가슴 아픈 이야기였다. 절대로 쉽지 않았던 미혼모와 그 딸의 삶이 간단한 가십거리처럼 그려질 수밖에 없다는 게 가슴 아팠다. 라파엘 신부는 스텔라의 이야기를 들으며 아무리 형편없어 보이는 인생이라도 얼마나 처절한 것이 될 수 있는지를 느꼈다. 그 아픔은 정말이지 신만이 아실 것이다. 사람들이 동정하거나 도와줄 수는 있어도, 마음 한구석으로는 비웃음과 무시를 품고 대하기 마련이다. 그녀를 진심으로 동정하고 그 이야기를 들어 주고 있는 라파엘 신부도 사실 처음에는 그녀를 사기꾼이라고 의심하며 돌멩이를 쥐고 있었던 것이다. 그녀는 그렇게 일주일을 다녀갔다. 그녀와 면담하는 동안 아버지가 몇 번인가 조용히 미사에 다녀가셨고,

예비자 교리 환영식이 열렸고, 신입 복사를 모집했다. 스텔라가 들려준 7일 동안의 고백성사는 어쩌면 그녀 자신의 이야기라기보다, 그녀가 잘 알 수 없는 것들에 관한 이야기였다. 그러나 그 이야기를 하면서 스텔라는 자기 자신을 들여다볼 수 있었고, 라파엘 신부 역시 스스로의 모습을 제대로 볼 수 있게 되었다.

이미 가정을 가진 한 남자가 사랑하던 여자가 있었다. 그 젊고 아름다운 여자가 임신했다. 이미 사회적 명성과 부를 누리던 남자는 자신은 무슨 욕을 먹고 비난을 받더라도 아이만큼은 세상에 나오게 하고 싶었다. 아이에게 세상에 있을 자리를 마련해 주고 싶었다. 아내에게 빌었다. 모든 재산을 아내와 아들 앞으로 해 놓겠다. 하지만 아내는 들은 척도 하지 않았다. 예수님을 믿는 아내는 주님의 이름으로 남편을 용서하며 이혼은 하지 않겠다고 말했다. 하지만 그 젊은 여자와 그 아이를 받아들일 수는 없다고 했다. 남자는 마지막으로 그 여자의 얼굴을 다시는 안 보겠다고 맹세했다. 빌고 빌었으나 아내는 완강했다. 이유는 지금 있는 아들을 위해서였다. 남편은 예수님을 들먹이며 제발 아이만은 받아들여 달라고 빌었다. 아내는 남편을 속였다. 남편에게는 아이를 살려줄 터이니 자기에게 모든 걸 맡기라고 말했다. 남편은 아내에게 감사했다. 아이를 태어나게 하는 조건으로 아내에게 모든 재산과 아이에 관한 권리를 위임한다고 쓰고, 다시는 그 여자를 만나지도, 연락도 않겠다고 맹세하고는 도장을 찍었다. 그러나 아내는 여자를 찾아가 그 서약서를 보여주며 남편이 나에게 모든 걸 맡겼고, 지금 뱃속에 있는 아이를 지우라고 했다고 말했다. 젊은 여자는 남자에게 전화를 걸었다. 받지 않았다. 직장을 찾아갔다. 남자는 모른 척했다. 여자는 완전히 절망했다. 남자가 배신했다고 생각한 여자는 병원에 가서 아이를 지우려고 했다. 지칠 대로 지친 여자는 병원 앞에서 쓰러했다. 남자에 대한 사랑. 그럴 리가 없다. 그가……. 그는 나를 사랑한다. 단 며칠 새에 변한 걸까……? 하느님, 이 아이를 살려 주세요. 제가 가장 사랑하는 남자의 아이입니다. 제가 잘못했어요. 가정이 있는 걸 알면서도 제가 먼저 유혹한 거 맞아요. 잘못했어요. 하지만 주님, 아이만은, 아이만은 살려 주세요. 아이에게는 아무 잘못도 없습니다. 병원 앞에서 쓰러진 그녀를 어느 아주머니가 발견해 입원시켰고, 병원의 간호사가 미혼모의 집을 소개해 주었다. 아이와 젊은 여자는 수녀님들의 기도와 손길로 다시 살아갈 힘을 얻었다. 여자는 아이를 입양시키는 절차를 준비하는 동안 마지막으로 남자에게 전화를 걸었다. 남자가 미혼모의 집으로 아이와 여자를 만나러 왔다. 남자는 여자가 마음이 변해 아이를 지우고 다른 남자와 결혼한 것으로 알고 있었다. 아내의 간계가 있었음을 깨달았지만, 남자는 성가정을 지키지 못한 자신의 잘못이 먼저임을 자책한다. 여자에게 아이가 태어난 것만으로도 감사하다고 말한다. 아내를 믿기보다 아내가

믿는 신을 믿었던 남자는, 아이만 살려 주면 여자와는 인연을
끊겠다고 신께 맹세했던 사실을 여자에게 말해 주었다. 아내
가 배신했지만 어쨌든 아이가 살았고, 약속은 약속이니 남자
는 여자와 관계를 끊고 떠났다. 남자는 아이를 입양시키지 않
는 조건으로 여자에게 양육비를 약속했다. 그리고 여자는 입
양을 취소하고 아이를 데리고 미국으로 떠났다.

7일째 되는 날, 스텔라는 이야기를 끝내고 떠나며 그 파란
보석 눈을 박은 나무인형을 라파엘 신부에게 선물로 주었다.
"포장도 안 했지만…… 제가 드릴 수 있는 가장 소중한 거예
요. 꼭 받아 주세요. 그리고 저, 이제는 그 인형이 없어도 될
것 같아요."
일주일 동안 변해서 다른 사람이 된 듯한 스텔라의 갈구하
는 눈빛이 아니더라도, 라파엘 신부는 기쁘게 선물을 받을 생
각이었다. 스텔라의 이야기를 듣는 동안 마치 몇 사람의 생애
를 압축한 파일을 별 노력도 없이 다운받은 것 같은 생각이 들
었다.
"언제 출국하세요? 다른 사람하고 약속 없으시면 제가 공항
에 나가 배웅해 드리고 싶은데, 어떠세요?"
스텔라는 더할 나위 없이 기뻐하고 고마워했다.
"너무 감사합니다. 2주 정도 더 있다가 갈 거예요. 수녀원도
좀 찾아가보고, 고궁에도 좀 가보고, 이제 관광 좀 하려고요."

"그럼요. 구경하셔야지요. 제가 한가하면 안내해 드리면 좋을 텐데, 그건 좀 어렵고…… 배웅은 꼭 해 드릴게요."

받은 나무인형에 대한 보답으로 조그만 선물을 해야겠다는 생각도 들었다. 한국을 떠올리게 하는 기념품이면 더 좋겠지. 스텔라를 보내며 라파엘 신부의 마음은 벌써 남대문 시장에 가서 기념품을 고르고 있었다. 그날 저녁 미사에서 라파엘 신부는 정장을 단정하게 차려 입은 아버지가 와 계신 것을 보았다. 그날의 성경 말씀은 마태오 복음 5장 43절에서 48절까지의 말씀이었다.

"'네 이웃을 사랑해야 한다. 그리고 네 원수는 미워해야 한다'고 이르신 말씀을 너희는 들었다. 그러나 나는 너희에게 말한다. 너희는 원수를 사랑하여라. 그리고 너희를 박해하는 자들을 위하여 기도하여라. 그래야 너희가 하늘에 계신 너희 아버지의 자녀가 될 수 있다. 그분께서는 악인에게나 선인에게나 당신의 해가 떠오르게 하시고, 의로운 이에게나 불의한 이에게나 비를 내려 주신다. 사실 너희가 자기를 사랑하는 이들만 사랑한다면 무슨 상을 받겠느냐? 그것은 세리들도 하지 않느냐? 그리고 너희가 자기 형제들에게만 인사한다면 너희가 남보다 잘하는 것이 무엇이겠느냐? 그런 것은 다른 민족 사람들도 하지 않느냐? 그러므로 하늘의 너희 아버지께서 완전하신 것처럼 너희도 완전한 사람이 되어야 한다."

　라파엘 신부는 복음 말씀과 어울리는 강론을 준비했다. 스텔라의 이야기를 좀 각색해서 예로 들어, 용서하기 어려운 인간의 모습과, 그것과 아무 상관없이 베풀어지는 신의 자비에 대해 강론했다. 라파엘 신부 자신이 영적으로 충만해 있었기 때문에 준비해 놓은 강론보다 훨씬 감동적인 말들이 중간 중간 튀어나왔다. 신자들 모두가 공감하며 영적 신비를 누리는 것을 느낄 수 있었다. 아버지도 분명 평소보다 더 감동하고 있었다. 성당 안에는 신의 자비가 충만히 흐르고 있었다. 라파엘 신부는 신의 자비와 인간의 사랑할 수 있는 능력에 감사하며 강론을 맺었다. 라파엘 신부는 영성체 시간 동안 멀거니 앉아 있는 아버지를 보았다. 이젠 아버지도 세례를 받고 영성체를 모셔야 한다. 아버지와 인사를 나누었으면 좋겠는데……. 왜 그냥 가시느냐고, 같이 밥이라도 먹자고 붙들고 싶었다. 정말 아버지와 단둘이 밥 먹은 게 언제인지 기억도 안 났다. 미사가 끝난 후 라파엘 신부는 서둘러 제의를 벗고 사람들에게 인사를 하기 위해 밖으로 나갔다. 아버지는 먼저 갔을까? 사람들과 의례적인 인사를 나누는 중에 아버지의 모습이 힐끗 보였다. 모른 척 지나가는 아버지를 조심스럽게 뒤따라갔다. 아버지는 바로 주차장으로 향하고 있었다. 사람이 좀 뜸한 순간에 아버지를 불렀다.

"아버지!"

아버지는 얼른 고개를 돌려 뒤돌아보았다. 이 미묘함. 다가 갈 수 없는 간절한 그리움.

"아버지, 왜 그냥 가세요? 저랑 같이 식사하시고 가세요."

가타부타 대답도 없이 아버지는 종현을 물끄러미 바라보았다.

"이젠 정말 신부 같구나."

종현은 얼핏 웃으며 아버지를 바라보았다. 늙으셨다. 별로 달라 보이는 것이 없는데도, 아버지는 어딘지 더 늙어 보였다.

"아니다. 가야 한다. 네 엄마가 해 주는 밥 먹으련다."

아버지와 종현은 같이 웃었다. 편하고 부드러운 웃음이었다. 아버지는 겉옷에서 차 열쇠를 꺼내 들었다.

"나, 간다. 잘해라."

차문을 여는 것을 도와주며 키를 빼서 아버지께 건네려던 종현은 아버지의 열쇠꾸러미에 매달린 장식을 보았다. 열쇠 사이에서 빛나는 것은 파란 보석 눈을 박은 나무인형이었다. 오랜 손때가 묻은 인형을 아버지는 얼른 다시 받아들었다. 아버지는 새파랗게 질린 종현의 얼굴을 눈치 채지 못하고, 열쇠를 받아 쥐고는 차를 몰고 가 버렸다. 종현은 얼어붙은 채 망연히 서서 검은 시멘트로 무너져 내리는 주차장 한복판에서 흔들거리며 바람을 맞고 있었다.

*

인하는 열이 내리지 않았다. 옆에서 좀 앉아 있다 보면 헛소리까지 하는 것을 볼 수 있었다. 엊그제만 해도 멀쩡히 밥 먹고 아이들과 노래하고 축구를 했던 인하였다. 간호를 담당하는 미셸 수녀가 환자를 들여다보기 위해 가까이 왔다. 젖은 면 수건으로 인하의 얼굴을 닦아 주고는 돌아서며 말했다.

"제가 의사는 아니지만, 말라리아 같아요."

지호는 아무 말도 하지 않았다. 말라리아. 그게 어떤 병일까? 그냥 쉽게 낫는 건가? 냉랭한 표정을 지으며 미셸 수녀는 조심스럽게 덧붙였다.

"경우에 따라서는 사망하는 일도 드물지 않습니다."

지호는 픽 하고 겉으로 소리 내어 웃을 뻔했다. 사망이라니? 누가? 이 새파랗게 젊은 남자가? 내 여동생의 남편이? 곧 한 아이의 아버지가 될 가장이? 불멸의 음악을 꿈꾸는 젊은 작곡가가? 누가 죽는단 말이냐. 지호는 수녀에게 눈길도 주지 않은 채 여전히 입을 다물고 있었다. 밖에서 급하게 문 두드리는 소리가 들렸다.

"아이들이 몸싸움을 하고 있어요."

베로니카 수녀가 점심을 준비하다가 나온 듯, 한손에는 국자마저 들고 있는 채로 뛰어 들어왔다.

"제가 가볼게요."

지호가 무거운 몸을 끌고 일어났다. 아이들이 한번 난폭해지기 시작하면 수녀들의 힘으로는 막아낼 수가 없다. 인하가 안 보인다는 사실이 아이들을 불안하게 만들고 있는 것 같았다.

"인하 좀 잘……."

"저녁쯤이면 의사선생님이 도착하실 겁니다."

말을 어떻게 맺어야 할지 모르는 지호를 대신해서, 미셸 수녀는 자기 힘으로 될 일이 아니라는 것을 딱 잘라 분명히 말했다.

아이들은 한데 엉켜 먼지 속에서 뒹굴고 있었다. 무슨 말인지 꿀라꿀라거리는 소리가 모든 아이들의 입에서 튀어나와 혼을 빼고 있었다.

"조용히 해!"

지호는 엉겁결에 한국말로 소리를 버럭 질러 버렸는데, 아이들은 용케 알아들었는지 순간 모두가 잠잠해졌다. 꿀라거리는 소리가 일시에 멈추자 뒹굴던 아이 둘이 슬로모션으로 싸움을 멈추고 일어났다. 우와세와 카덴이었다. 둘 다 평소에는 얌전한 아이들이었다. 먼지를 함빡 뒤집어쓴 아이들을 보니 화가 치밀기도 하고 측은하기도 했다. 아이 둘을 불러 앞에 세우고, 다른 아이들은 빙 둘러서게 하고 벌을 받도록 했다. 그 사이에 영어를 좀 잘하는 므와에가 싸우게 된 경위를 간추려 설명했다. 카덴이 열심히 피리를 연습하고 있는데 우와세가 비웃으며 이제는 피리 불 필요가 없을 거라고 했다는 것이다. 지호는 몸을 돌려 우와세에게 왜 그런 말을 했는지 물었다. 우와세는 떠듬거리는 영어와 부족어를 섞어 이유를 설명했다. 인하가 이제는 신령한 자의 계곡으로 들어갈 것이기 때문이라는 것이다. 우와세가 꿈에서 보았는데, 신령한 자의 계곡의 전령이 인하의 머리맡에 서 있다는 것이었다. 지호는 우와세의 눈을 바라보았다. 지호가 여기에 처음 도착했을 때 유난히 반갑게 맞아 주던 아이였다. 나중에 아이에게 그 이유를 물었을 때, 우와세는 꿈 이야기를 해 주었다. 마을에 뱀이 한 마리 있었는데, 그것이 점점 커져 집보다도 더 크게 자랐다. 그것이 입을 쩍 벌리고 다가오면 심한 악취 때문에 견딜 수 없을 정도였는데, 새가 날아오더니 그 큰 뱀을 쪼아 잡아먹어 버렸다는 얘기였다. 그 꿈을 꾸고 나서 지호가 이 마을에 왔다는 것이었다. 만화 같기도 하고 민담 같기도 한 그 꿈 얘기를 기분 나쁘지 않게 들었던 지호는 묘한 불안감에 휩싸였다. 우와세의 눈은 투명하게 맑았다. 아이들의 큰 눈을 볼 때마다 지호는 왜 아프리카의 많은 나라들이 이토록 비참하게 사는지 이해할 수가 없었다. 커다란 눈망울과 구릿빛 피부를 가진 아이들은 놀랍도록 잘생겼고 아름다웠다. 아프리카의 아이들은 온몸으로 신의 축복을 받고 태어났다가 인간들의 이기심이라는 저주로 인해 희생 제물로 사라지는 것 같았다.

“이제 그런 얘기는 하지 않도록 하자. 그런 얘기를 하기 전에 기도를 하면 더 좋을 것 같구나.”

우와세에게 몸을 숙여서 다른 아이들이 듣지 않도록 조용히 말했다. 그리고 잊지 않고, 지호는 우와세의 머리를 쓰다듬어 애정을 표현해 주었다.

"가서 씻고, 식당에 모여 식사를 하도록 하자."

지호는 식사 이야기를 꺼내어 아이들의 주의를 흩뜨렸다. 마침 식사 때이기도 했다. 아이들에게 먹는 것처럼 좋은 게 있을까. 먼지와 함께 아이들이 사라진 후 지호는 본당 안으로 들어갔다. 아무도 없는 본당은 서늘한 바람이 불어오고 나가며 바람의 통로 역할을 하고 있었다. 성당 안이 아니더라도, 한낮을 제외하면 요즈음 잠비아는 마치 서늘한 초가을 아침처럼 시원하고 소슬했다. 선선한 바람 한가운데에 서 있던 지호는 십자고상을 정면에 마주하고 앉았다. 먹먹한 적막이 고막을 때렸다. 눈물이 왈칵 쏟아졌다. 안 됩니다. 제발 그것만은 안 됩니다. 제가 대신 가겠습니다. 인하는 안 됩니다. 절대로 인하는 안 됩니다. 그리고 인하는 여기 그냥 두 달 정도만 있다가 가려고 온 것뿐입니다. 그냥 저를 좀 도와주려고 온 것뿐이에요. 절대로, 주님, 절대로 안 됩니다. 저는……, 주님, 인하가 어떻게 되면 전 버틸 수 없습니다. 제가 어떻게 수연이를 볼 수 있겠습니까. 어떻게 어머니를…… 주님…… 제발. 제가…… 저를 데려가십시오. 제가 천 번이고 만 번이고 죽겠습니다. 인하는 안 됩니다. 인하가 죽으면 저도 죽습니다. 저는 인하 없이 어머니 얼굴을 볼 수가 없습니다. 다시는 수연이를 볼 수 없습니다. 하느님, 제발 인하를, 저를 살려 주십시오. 지호는 도저히 이해할 수가 없었다. 설마 지금 주님께서 장난을 하시는 건 아니겠지. 인하는 방학을 맞아서 도와주러 왔을 뿐이고, 성실하게 아이들과 어울리고 가르치며 여기 일을 도왔다. 이제 곧 집으로 돌아가 학교에도 나가야 하고, 곧 세상에 나올 아이를 위한 준비도 해야 한다. 아직 할일이 너무나 많다. 불멸의 음악도 작곡해야 하고, 피아노도 가르쳐야 하고……. 지호의 눈에서 다시 눈물이 쏟아졌다. 너무 어리석다. 너무 어리석고 불쌍한 장난 같다. 이런 종류의 어리석고 장난 같은 일은 도저히 이해할 수 없다. 아, 제발……. 그냥 저를 시험하시는 거라면 얼마든지 좋습니다. 제가 죽기까지 시험하시고 흔들어보셔도 좋습니다. 하지만 인하는 안 됩니다. 그 무수히 베풀어 주셨던 기적을 제게 한 번만, 단 한 번만 베풀어 주십시오. 아니, 이건 기적도 아니고 당연한 일입니다. 인하가 엊그제처럼 일어나 밥 먹고 뛰고 일할 수 있게 해 주십시오. 바로 엊그제처럼만. 제발. 슬픔이 저절로 쥐어짜듯 입 밖으로 새어나와 기괴한 흐느낌 소리로 울려났다. 바람이 지호의 머리를 쓰다듬고 지나갔다. 바람의 손길은 눈물을 훔치듯 지호의 뺨을 스쳤다. 눈물이 뺨 위에서 말라붙어갔다. 눈물이 마른 뺨에서 꾸덕꾸덕해진 마른 생선처럼 짠내가 났고, 얼굴이 죄어왔다. 괜찮을 거야. 이제껏 늘 그래왔잖아. 늘 괜찮았잖아. 지호는 고개를 들었다. 십자고상의 예수는 꿈쩍도 않은 채 붙박여 있었다. 그 나무 예수를 바라보며, 텅 빈 성당에서 지호는 말리기 위해 널어놓은 생선처럼 아무 힘도 없이 바람을 맞으며 한참을 앉아 있었다.

의사가 도착한 때는 저녁을 훨씬 지나 거의 한밤이 된 무렵이었다. 지호는 그 늦은 시간에 의사가 올 거라고는 생각하지 못하고 그저 기적만 바라고 있었다. 설령 의사가 온다 한들 어차피 별 도움은 안 될 것 같았다. 죽든지 살든지 둘 중 하나일 터이고, 약도 별로 없는 여기서 의사에게 뭘 바란단 말인가. 인하가 이겨내 주길, 주님이 자비를 베푸시길 바랄 뿐이었다. 고장 난 차를 번갈아 얻어 타고 오느라 늦었다고 변명하는 의사는 50대 중반의 잠비아 원주민이었다. 원주민 의사라니. 애초에 기대도 안 했지만, 그래도 백인이나 한국인 봉사자가 올 거라고 생각했던 막연한 기대가 무너지자 지호는 냉랭한 태도로 의사를 맞이했다. 작은 키에 단정하지 못한 옷차림도 그렇고, 더욱 불길한 느낌을 주는 듬성듬성한 하얀 머리나 수염도 맘에 들지 않았다. 하지만 의사는 진지하게 인하를 진찰했다.

"말라리아입니다."

의사는 능숙한 영어로 말했다. 언제부터 어떤 증세가 나타났는지를 미셸 수녀에게 물었다. 미셸 수녀도 능숙한 영어로 증상과 시기를 자세히 설명했다. 얘기를 나누면서 의사는 간간이 고개를 가볍게 살래살래 젓다가 끄덕이곤 했다. 어차피 무슨 이야기를 나누든 상관없었다. 인하가 엊그제처럼 일어나기만 하면 된다. 지호는 잘 모르는 의학용어가 나오자 듣기를 멈추고 인하를 바라보았다. 붉은 얼굴이 꽤 더워 보였으나, 인하는 추워하고 있었다. 의사는 다시 인하를 관찰했다. 뭘 알기는 하는 걸까. 환자를 저렇게 함부로 다루다니. 억울함과 교만한 마음이 지호를 괴롭혔다. 의사가 주사기를 꺼내 들었다. 지호는 의사의 손을 붙잡고 말이 나오는 대로 한국말로 물어보았다.

“지금 뭐 하시는 겁니까?”

마음속에서 이글거리던 분노는 지호의 의지를 뚫고 나와 그를 폭력적으로 만들었다. 미셸 수녀가 나서서 지호의 손을 뿌리쳐 내었다.

“잠깐이나마 의식을 회복할 겁니다. 유언이라도 들어야지요.”

의사는 침착하게 대답했다. 유독 허옇게 몰린 앞머리를 쓰다듬어 올리며 의사는 지호의 눈을 똑바로 쳐다보았다. 퀭하고 큰 두 눈은 흡사 마법사의 눈을 바라보는 기분이었다. 최면술이라도 쓰려는 걸까. 지호는 주사기를 바라보았다. 수연아. 눈물이 치밀고 올라온다.

“안 됩니다.”

지호는 간절하게 주사기를 붙잡고 놓지 않았다. 행여 죽기라도 한다면……. 이 주사 때문에 죽을지도 모른다. 짙은 쓰라림이 심장 끝에서 올라오고 있었다.

“안 됩니다.”

“어차피 환자는 다섯 시간을 못 넘길 겁니다. 수사님 뜻대로 하십시오.”

의사는 지호를 ‘몽크’라고 불렀다. 지호는 인하를 바라보았다. 인하는 지금 어디에 있는 걸까. 이렇게 껍데기만 여기에 남겨둔 채 어디에 가 있는 걸까. 눈앞에서 침대에 누워 있는 인하가 사무치게 그리웠다. 뭐라고 한 마디라도 좀 해 줬으면 싶었다. 지호는 인하의 손을 잡았다. 따뜻한 손이었다.

“혀엉…….”

희미한 목소리가 들렸다. 인하가 마른 입술을 달싹이고 있었다. 의사가 인하의 눈꺼풀을 열고 살폈다. 인하는 고개를 가로 저으며 다시 나지막이 불렀다.

“형…….”

인하는 지호에게 할 말이 있는 것 같았다. 지호가 바싹 다가 앉았다.

“일기……. 일……기.”

“일기장?”

인하가 힘겹게 고개를 끄덕였다.

“그 속에 편지…… 수연이한테…… 그걸 좀…….”

지호는 고개를 끄덕였다. 말을 한다는 게 고마웠으나 일기 얘기는 마음에 들지 않았다. 네가 일어나서 수연이한테 보여 주든지 말든지 하라고 쏘아붙이고 싶었으나 가만히 있었다.

“혀엉……. 고마웠어요…….”

뭐가 고마우냐? 빨리 일어나서 네 발로 걸어서 한국으로 가

라. 얼른 일어나라, 이 병신 같은 새끼야. 속말이었으나 난데없이 욕설이 튀어나와 스스로도 놀랐다. 하지만 정말 이건 아니었다. 이런 망자의 유언 같은 건 꿈꾼 적도 없었다.

"혀엉……. 음악……."

인하가 웃고 있는 것처럼 느껴졌다.

"혀엉……. 난…… 했어요. 난…… 내가…… 맞았어요."

인하는 작별 인사라도 하려는 듯 마지막 말을 쥐어짜내고 있었다. 지호는 갑자기 냉정을 되찾았다. 지금 꼭 해야만 하는 일이 생각난 것이다. 더 이상 주저할 이유가 없었다. 지호는 미셸 수녀에게 부탁해서 대세를 준비하도록 일렀다. 늘 해 왔던 일이니만큼, 미셸 수녀는 일사불란하게 움직여 성사 준비를 마쳤다. 지호는 아직 사제 서품을 받지 않았으나 죽어가는 인하를 그냥 보낼 수는 없었다. 지호는 아직 세례를 받지 않은 인하에게 물었다.

"당신은 주 예수그리스도를 한 분이신 하느님으로 흠숭하고 받아들이길 원합니까?"

인하는 '예'라고 말하면 될 것을 길게 말을 이었다.

"항상…… 제 안에…… 있었……어……요……. 난…… 늘…… 찾아……다녔……지요. 형이 죽……, 죽었을…… 때……, 신도…… 죽었지요……. 죽었다고…… 생각……했지만…… 제 안에…… 음악 속에…… 제 아기……, 제 아이에게…… 언제나…… 있을 겁니다."

지호는 그냥 '예'라고 해석하고 대세를 주었다.

"나는 성부와 성자와 성령의 이름으로 당신, 도인하…… 요셉에게 세례를 줍니다."

세례명이 갑자기 떠오르지 않자 지호는 그냥 막 생각나는 이름—사실 오래 전 아버지에게 지어 주고 싶었던—을 세례명으로 주고 대세를 마쳤다. 인하는 눈을 크게 뜨고 지호를 바라보았다.

"혀엉……, 혀엉……."

어린애처럼 형을 부르는 인하의 눈은 아름다웠다. 지호는 사무치게 밀려오는 슬픔을 삼켰다. 사기꾼 마술사 같아 보이는 의사와 쌀쌀맞은 미셸 수녀가 끝까지 침묵을 지키며 옆에 서 있지 않았더라면 껍데기만 남겨두려는 인하를 두들겨 팼을지도 모른다. 불끈거리는 주먹과 난도질당하는 심장을 안고, 지호는 아무 말도 못하고 서 있었다. 인하는 지호의 슬픔은 아랑곳 않고 엷은 미소를 띠더니 평화롭게 눈을 감았다.

죽음을 이기고 부활하신 주님, 저에게 선종하는 은혜를 주시어 죽음을 맞이하는 순간에도 영원한 천상 행복을 생각하고 주님을 그리워하며 기꺼이 죽음을 받아들이게 하소서. 아멘.

지호는 의사와 미셸 수녀를 내보냈다. 사망과 관련된 서류 절차를 의사에게 부탁하고, 이런 일에 익숙한 미셸 수녀에게 필요 절차상의 자질구레한 일들을 부탁했다. 의사가 마지막으로 인하의 몸을 살펴본 후, 둘은 옆 건물에 있는 사무실로 갔다. 지호는 인하의 몸을 앞에 두고 앉았다. 인하는 잠들어 있다. 열이 내려 훨씬 편안한 얼굴로 잠들어 있다. 지호는 죽음이라는 것이 전혀 와 닿지 않는다는 데 대해 놀라고 있었다. 아무 일도 일어나지 않았고, 인하는 그냥 잠들어 있는 것 같다. 느닷없이 어린 시절의 한토막이 떠올랐다. 친구들과 영어 과외를 받았는데, 영어선생님이 'If I were a bird'라는 주제로 에세이 숙제를 내 주셨다. 어렵사리 그 숙제를 해서 냈을 때, 선생님은 깔깔대고 웃으시며 지호에게 글을 쓰는 것도 좋겠다고 칭찬해 주셨다. 자신은 굉장히 진지하게 써낸 글이었는데 선생님이 왜 그토록 깔깔거리고 웃었는지 너무 궁금했다. 선생님은 멀뚱거리는 지호를 옆에 앉히고 지호가 쓴 글을 다시 읽어 주셨다.

"If I were a bird, I freely fly.

And I will be sky's king…….

I want to be phoenix…….

If I meet hunter, then I meet death.

Also, my life is the last."

문법도 잘 맞지 않는 글을 읽어 주시며 선생님께서는 정말 사냥꾼을 앞에 둔 어린 새의 모습이 떠오른다며 재미있다고 말씀해 주셨다. '내가 사냥꾼을 만나면 나는 죽음을 만날 것입니다. 또한 나의 생은 끝날 것입니다.' 지금 지호는 사냥꾼과 마주하고 있는 기분이었다. 다른 곳을 조준한 채 지호는 쳐다보지도 않는 사냥꾼을 눈앞에서 목격하고 있는, 새 형상을 한 스스로의 모습이 보였다. 인하. 우와세의 말대로 그는 신령한 자의 계곡으로 갔는지 모른다. 수연. 하지만 수연이는 남아 있다. 수연의 몸속에는 인하의 아기가 있다. 조금 있으면 7개월째에 접어들 터이다. 아이는 이제 이 세상으로 오려 하고 있다. 이토록 절망적인 무기력감은 느껴 본 적이 없었다. 아버지가 돌아가셨을 때조차도 이렇게 도망치고 싶은 충동을 느끼지는 않았다. 죽음이 무서운 게 아니라 살아 있는 사람들과 얼굴을 대할 일이 무서웠다. 같이 죽을까? 어떻게? 내가 무슨 면목으로 자살 같은 거창한 악을 저지르겠는가. 악이든 선이든, 조그만 꼬리표가 달리는 것조차도 싫었다. 그저 도망쳐서 수연이와 어머니, 그리고 그 아기의 얼굴만 보지 않을 있다면……. 인하를 장사 지내고 사라져 버려야겠다. 어디로? 신령한 자의 계곡은 어디일까? 우와세. 우와세는 엄마도 아빠도 없는 고아였다. 떠도는 말로는 할아버지가 꽤 유명했던 샤먼이었다고 한다. 우와세에게 물어볼까. 자조 섞인 미소가 지어졌다. 신학교? 몽크? 차라리 우와세에게 물어보는 게 더 간단할지도 모르겠다. 지호는 짐처럼 누워 있는 인하를 더 바라볼 필요를 느끼지 못했다. 일기를 정리해 달라고 했던가? 편지. 맞아. 편지를 전해 달라고 했었지. 이제 그 몸은 더 이상 인하가 아니었다. 벗어져 남겨진 허물일 뿐이었다. 허물을 앞에 두고 슬퍼할 이유가 없다. 지호는 일어나 미셸 수녀를 찾으러 나갔다. 의사도 아직 가지 않고 같이 있었다. 지호는 의사와 미셸 수녀에게 장례 준비를 부탁하고 인하의 짐을 정리하기 위해 숙소로 들어갔다. 여기서 장례를 미루다 시체 썩는 냄새를 마을 전체에 풍길 이유가 없었다. 설령 썩지 않는다 하더라도, 침대에 뉘인 채로 수연이 올 때까지 기다릴 수는 없었다. 지금 바로 연락한다 해도, 어머니와 수연이 도착하는 시기는 제아무리 빨리 잡아도 2주일 후일 것이다.

일기는 책상 한편에 얌전히 놓여 있었으므로 찾느라 부산을 떨 필요도 없었다. 편지도 앞장에 잘 끼워져 있어 바로 찾을 수 있었다. 인하가 앉았던 의자에 앉자 새삼 그리움이 몰려왔다. 봉투에 넣지도 않은 편지는 꽤 길었다. 편지를 읽어내려가다 보니 인하가 종이 위에서 서서히 피어올라 다시 생명을 갖추고 환생하는 것처럼 느껴졌다.

수연 씨에게

내일 수연 씨와 결혼을 한다고 생각하니 모든 게 꿈결 같습니다. 수연 씨, 그 봄날, 제가 수연 씨에게 편지를 건네던 때를 기억하시는지요? 그날 이후, 이 편지가 두 번째 편지가 되겠군요. 사실 이 편지는 훨씬 전에 드렸어야 하는 것입니다. 하지만 차마 용기가 나질 않아 오늘에야 수연 씨에게 나의 모든 상처를 고백합니다. 같이 자취방에서 구운 빵과 커피를 먹던 날, 기억하세요? 그때 수연 씨가 부모님이 어디 계시느냐고 물었습니다. 그때 했어야 할 이야기를 지금에야 하다니, 저는 정말 부족한 사람입니다. 하지만 지금에야 이런 이야기를 한다고 해서 제가 거짓을 말했다고는 생각하지 말아 주세요. 수연 씨라면 비난하지 않고 그냥 부족한 저를 받아 주실 거라고 생각합니다.

제게는 형이 하나 있었습니다. 저보다 열 살도 넘게 위였던, 나이차가 많이 나는 형이었습니다. 제가 세상을 좀 기억할 수 있을 만한 나이가 되었을 때 형은 이미 중학생이었지요. 형은 뭐든지 잘했습니다. 공부는 물론 운동, 음악, 미술, 못하는 것이 없었습니다. 제가 초등학교에 다니던 때, 항상 둔하고 느렸던 저는 형이 대신 그려 준 그림으로 상장도 많이 받곤 했습니다. 부모님께 제가 귀여운 막내아들이었다면 형은 그야말로 집안의 기둥이었습니다. 제게 형은 절대로 넘을 수 없는 그 어떤 존재, 모든 것을 다 해결할 수 있는 존재—즉, 신과도 같았습니다. 형은 부모님의 기대나 저의 환상을 결코 배반하지 않고 모든 걸 잘해냈습니다. 제가 형보다 유일하게 좀 잘하는 건 피아노뿐이었습니다. 늦둥이로 자란 저는 몸이 좀 허약했는지 공부와는 아예 담을 쌓고 지내며, 어머니로부터 ‘건강하기만 해라’ 라는 바람을 듣고 자랐지요. 거대한 형을 바라보며 제가 가끔 우쭐거릴 수 있는 일이라고는 피아노를 뚱땅거리는 것뿐이었습니다. 피아노도 사실은 형이 더 잘했지만, 형이 공부에 집중하면서 피아노를 그만둔 탓에 제가 좀 잘하는 것처럼 보이는 거였지요. 형은 부모님의 기대를 저버리지 않고 우리나라에서 가장 좋다는 대학교를 가고, 그 학교에서 석사 학위를 받고 박사 학위도 받았습니다. 그리고 훌륭한 집안의 여자와 결혼하고 아이도 낳았습니다. 결혼을 하면서 지방에 있는, 역시 가장 훌륭한 학교에서 교수직을 얻고 중요한 프로젝트를 맡아 연구를 하며 한 집안에서뿐만 아니라 국가적으로 중요한 인물이 되어가고 있었지요. 그러던 중 사람들은 이상한 것을 눈치 채기 시작했습니다. 제일 먼저 안 사람들은 같이 연구실에서 일하는 사람들이었지요. 형이 좀 더 가정적이어서 형수가 먼저 알아챘더라면 일이 좀 달라지지는 않았을까 하는 아쉬움을 지금도 안고 있습니다. 형은 정신분열증을 앓기 시작했습니다. 하지만 어머니나 아버지는 그러한 사실을 인정할 수가 없었습니다. 형수는 반신반의하다가 아이를 데리고 서울로 올라와 버렸습니다. 형 내외는 이후로 계속 따로 생활했습니다. 아이의 교육을 위한답시고 취한 형수의 행동은, 형에게는 전혀 도움이 되지 않는 이기적인 것이었습니다. 형수에 대해 비난하려는 것은 아닙니다. 고등학생이던 저야말로 아무

도움도 되지 못하고 형을 바라보고만 있었으니까요. 형의 정신병은 점점 심해졌습니다. 결국 어머니 아버지도 인정할 수밖에 없는 지경에 와서야 형은 치료를 받기 시작했고, 병은 이미 심각한 상황이었습니다. 서울에서 가장 유명하다는 병원을 찾아다녔고, 형의 병을 고치기 위해 모든 재산을 쏟아 부었습니다. 형이 이루어놓은 많은 것들이 다 무너지고 부모님께 마지막으로 남은 부동산이며 연금 등을 모두 치료비로 쓰느라 재산이 바닥날 무렵, 어머니가 그만 돌아가시고 말았습니다. 어머니가 돌아가시고 난 후, 아버지는 술로 밤낮을 지새우다가 간암에 걸려 돌아가셨습니다. 그때부터 마술처럼 형의 정신이 돌아오기 시작했습니다. 모든 재산이 거덜나고 두 분이 돌아가신 뒤에야 형은 깨어난 것입니다. 하지만 제게 신과 같았던 형은 더 이상 신이 아니었습니다. 자신으로 인해 가산이 거덜나고 부모님이 돌아가신 걸 깨닫고 나자…… 형은 병원 창문에서 뛰어내려 자살하고 말았습니다. 죽기 하루 전날, 형은 제게 집에서 뭔가를 찾아오라고 일렀습니다. 어머니 옷장 서랍 밑 어느 공간에서……. 저는 형이 또 미쳐 가는 것은 아닐까 고민했지만, 형의 말대로 그 공간을 찾아보았습니다. 한때지만 제게는 신과도 같았던 형의 말을 무조건 들어 주고 싶기 때문이었습니다. 제가 서랍 사이에서 겨우 찾아낸 것은 손수건 같은 천으로 몇 겹이나 싸인 납작한 상자였습니다. 다행으로 여기며 형에게 가져다주었을 때 형은 그 상자를 열어 작

은 반지와 통장 하나를 꺼내 들었지요. '어머니가 너 공부시킨
다고 끝까지 놔둔 돈이다. 이 반지는 네 돌 때 할아버지가 주
신 거다.' 어머니는 큰아들이 반 실성해서 헛소리를 하는데도
아직 어린 저를 맡기고 간 모양이었습니다. 제게는 한 번도 그
런 말씀이 없으셨는데…… 어머니는 정신 나간 형을 끝까지
믿었던 것입니다. 형은 통장 하나를 손에 쥐어주며 제게 미안
하다고 말했습니다. 통장에는 4년치 대학 등록금이 겨우 될까
말까한 돈이 있었습니다. 저는 그 돈으로 수연씨와 만난……
시립대학교에 진학하고, 대학원까지 갔습니다. 형보다 유일하
게 잘하던 것—피아노를 제대로 공부하기 시작했지요.

수연 씨. 우리가 라파엘 신부님과 면담을 끝내고 나서 갔던
곳, 생각나세요? 거기가 바로 옛날에 형이 입원했던 병원이 있
던 자리입니다. 많이 바뀌었더군요. 차라리 다행이라고 생각했
습니다. 장미 꽃밭으로 바뀐 형의 마지막 자리를 수연 씨와 둘
러본다는 사실이 제게 큰 위안을 주었습니다. 형에게 수연 씨
를 보여주고 싶었어요.

아름다운 장미 꽃밭이 제게는 형의 인사처럼 느껴졌습니다.
축하한다는 인사. 형이 할 수 있는 한 최선을 다해 수연 씨와
의 결혼을 축복해 주는 것 같이 생각되었습니다. 수연 씨. 나
중에 아이를 가지면 여자든 남자든 이름에 '준' 이라는 글자를
꼭 넣고 싶다고 했지요? 그래요. 그런데 형수님이 낳은 아이
이름을 아버지가 지어 주셨는데…… 돌림자가 '병' 자입니다.

병훈이에요. 남자아이든 여자아이든 그 글자가 꼭 들어갔으면 좋겠어요. 이건 제 부탁입니다. 형이 죽고 나서 형수는 아이를 데리고 미국으로 갔습니다. 아이가 미국으로 떠나던 날, 마지막으로 할아버지가 주셨다던 그 반지를 아이에게 주었습니다. 지금 그 아이가 너무 보고 싶습니다.

형이 정신병에 걸린 것을 알았을 때, 제게 신은 사라졌습니다. 그리고 형이 죽었을 때, 제게 신도 죽었습니다. 하지만 결혼을 앞둔 지금은 신이 계시다는 걸 다시 느낍니다. 그리고 조카아이가 많이 생각납니다. 제게 그 아이는 형과 같습니다. 형은 죽지 않았습니다. 아니…… 죽었으나 살아 있습니다.

우리에게도 아이가 생길 것입니다. 아이는 수연 씨이기도 하고 저이기도 하겠지요. 저는 이제 형의 죽음 속에서 부활을 느낍니다. 우리의 결혼은 제게 또 다른 삶의 시작입니다. 저는 다시 태어나는 기분으로 수연 씨와의 결혼을 기다리고 있습니다.

아마도 결혼하기 전날, 인하가 자신의 삶을 돌이켜보며 수연에게 자신의 아픔을 털어놓으려고 쓴 것 같았다. 하지만 차마 전해 주지 못한 모양이었다. 죽은 형. 지호도 모르는 이야기였다. 지호는 인하가 계속 부르던 '형'이 지호가 아니라 그의 친형이었다는 걸 깨달았다. 아니, 지호인 동시에 그의 친형이었을 것이다. 지호는 인하가 자신을 얼마나 믿고 따랐는지 알고 있었다. 속내를 훌훌 털어놓은 인하는 훨씬 가벼운 모습으로 지호 주위를 맴돌고 있었다. 지호는 편지에서 튀어나온 인하가 옆에서 장난스럽게 자신을 쳐다보며 웃고 있는 것을 느꼈다. 인하의 편지를 읽은 지호는 더욱 감정이 복잡해졌다. 인하에 대해서는 전혀 걱정할 필요가 없었으나, 문제는 수연이와 어머니였다. 둘에게 인하는 이제 천국으로 (혹은 우와세의 말마따나 '신령한 자의 계곡'으로) 갔으니 전혀 슬퍼할 일이 아니라고 말할 수는 없는 노릇이다. 그리고 세상에 나올 아이를 생각하면 눈앞이 캄캄한 것도 사실이었다. 아무리 인하의 영이 옆에서 싱그럽게 떠돌아다니고 있어도 먹고 살 일은 남아 있고, 아버지 없는 아이를 생각하면 새삼 억울함이 울컥 몰려왔다. 억울함과 평온함, 아직 인하가 침대에 누워 있는 모습 등등이 머릿속에 그려지며 지호를 감정적으로 복잡하게 만들었다. 지호는 편지를 잘 접어놓고 일기장을 뒤척거렸다. 편지도 그랬지만, 일기를 넘길 때마다 인하가 바로 옆에서 뭐라고 떠드는 것 같아 대꾸라도 해 주어야 할 것 같은 기분이 들었다.

7월 3일 은돌라 공항 도착.

눈 덮인 킬리만자로, 이디오피아의 원두커피, 맹수들과 거대한 태양……. 이런 것들이 내가 상상하던 아프리카였으나, 막상 은돌라 공항에 내리자마자 느낀 아프리카는 부패였다. 내가 혼자 왔기 때문인지는 모르나 공항 경비원들은 거칠게 내

가방을 검사했고, 심지어 지호 형이 부탁해서 준비해 온, 병원에 보내야 하는 약들을 압수했다. 최대한 성실하게 설명하려고 했으나 그들은 들은 척도 하지 않고 말도 안 되는 이유를 들먹이며 당연하다는 듯이 약들을 챙겨 넣었다. 하도 그들의 태도가 당당해서 약을 들여오는 것이 불법인가 하는, 되지도 않는 의심을 하고 있을 때 옆에 있던 한 사람이 귀띔을 해 주었다. 저들이 약을 압수해서 자국 내 상인들에게 되판다는 것이다. 어처구니가 없었다. 어차피 그 약은 아프리카 아이들을 위해 쓰일 것들인데, 그들에게는 그런 건 전혀 상관없는 문제였던 것이다. 나는 여기 잠비아 아이들과 아픈 사람들을 위해 쓸 약이라고 이미 수십 번도 더 얘기했었다. 그들의 이기심이 너무 쓰라리게 다가왔다. 그들 자신의 가난이 너무나 시급했겠지, 라고 동정해 주고 싶은 마음도 있었으나, 그들은 엄연히 직장을 가진, 사회적으로 가진 자에 속한 이들이었기에 분노가 치밀어 올랐다. 제인 구달, 장 지글러 등이 쓴 무수한 책들이 말하는 대로 아프리카가 가난한 데에는 서방세계의 이기적인 식생활과 상술도 큰 몫을 하겠지만, 우선 그들 자신의 의식부터 바뀌어야 한다는 생각이 들었다.

7월 5일 무풀리라에서

실망으로 위축됐던 나는 무풀리라의 고아원에 도착했을 때 또 다시 생각을 바꿔야 했다. 지호 형의 늠름한 모습—형은 푸르게 우거진 나무와 같은 인상을 주었다—과 여러 수녀님들의 깔끔하면서도 성실한 모습은 비판으로 가득했던 나의 시선을 부끄럽게 만들었다. 내심 가난은 누구의 이기심 때문이 아니라 바로 그들 자신의 탓이라고 단정지었던 나 자신이 부끄러웠다. 여기 아이들은 너무 아름다웠다. 아이들을 위해 준비해 간 사탕을 나눠주자 개중에는 비닐 껍질을 까지도 않고 입에 우겨넣는 아이도 있었다. 그래도 몇 번 사탕이란 걸 먹어 본 아이들이 시범을 보여주고, 사탕을 입에 넣으며 행복하게 웃었다. 아이들이 이렇게 사탕을 좋아하는 줄 몰랐다. 아이들이 사탕을 어찌나 정성스럽게 대하는지 나도 슬쩍 하나를 까서 맛보았다. 역시 지나치게 단, 그저 그런 맛이었지만, 아이들과 같이 먹는다는 것 자체가 즐거웠다. 수연이도 여기서 사탕을 같이 먹을 수 있다면 좋았을 거라는 생각이 들었다. 뱃속에 있는 아기도 그 맛을 느낄 수 있을 것이다.

인하가 무풀리라에 도착하던 날이 떠올랐다. 여기 오는 사람이면 누구나 그렇듯이 인하 역시 고장 난 차를 계속 갈아타고 겨우 도착했다. 그래도 빗방울이 소소히 흩날리는 시원한 날씨는 인하의 오는 길을 훨씬 수월하게 했을 터이고, 그것은 여기 사람들에게는 반가운 사람이 온다는 좋은 징조였다. 아이들은 모두 인하를 좋아했다. 여기 아이들은 아무리 가르쳐도

미신에 대한 집요한 집착을 떨쳐내기가 어려웠다. 특히 누가 꿈 얘기를 해 버린다든가 누구나 알고 있는 징조가 나타났다든가 하면 그 편견은 바꾸기가 거의 불가능했다. 물론 사탕을 준다든가 하는 등 먹을 것과 약품이 주어지면 드물게 상황이 반전되기도 했다. 인하는 좋은 징조도 가져오고 사탕도 가져왔다. 여기 사람들에게는 비처럼, 특히 보슬비처럼 고마운 게 없었다. 인하는 대번에 '비를 부르는 자'로 불렸다. 이 키 큰 동양인은 비를 부르는 자답게 아이들에게 수학이나 영어를 가르치지 않고 악기를 가르쳤다. 저녁 무렵이며 긴 황혼자락에 앉아 아이들에게 둘러싸여 자신이 직접 가져온 피리와 클라리넷을 불었다. 아이들에게 둘러싸여 클라리넷을 부는 인하의 검은 그림자 인형 같은 모습이 생생히 떠올랐다. 그 그림자 인형들은 곧 떠오를 해를 기다리기 위해 붉게 퍼져 나가는 여명 속에 앉아 있기도 했다. 긴 하루에 작별을 고하며 다시 내일을 꿈꾸는 클라리넷 소리는 미사 못지않게 아이들의 마음을 다독거려 주었을 것이다. 멀리서 인하가 아이들과 같이 불던 피리 소리가 들려오면 음악에 대해 문외한인 지호도 그 소리가 음식과 마찬가지로 배고프고 가난한 무풀리라 사람들의 영혼을 배불리고 있다는 것을 느낄 수 있었다. 사람은 음악도 먹어야 하는구나, 라는 것을 피리소리를 들으며 깨달았다. 인하는 아이들이 악기를 정말 잘 배운다고 감탄했다. 그냥 지호가 듣기 좋으라고 하는 말이 아니었다. 아이들을 가르칠 때 빛나던 인하의 얼굴이 떠올랐다. 어린 카덴은 특히 열심이었다. 인하가 카덴에게만 피리가 아닌, 자신의 클라리넷을 불어보게 하던 모습이 떠올랐다. 큰 눈망울을 불안하게 반짝이던 카덴은 고아였다. 아버지의 소식은 아는 사람이 없고, 아버지에게서 옮은 에이즈 때문에 얼마 전 어머니가 사망한 뒤에 이리로 온 아이였다. 밥 먹을 때만 열심이고 노는 데에서도 겉돌아 멀찍이서 바라보기만 하던 카덴의 손에 인하가 클라리넷을 쥐어 주었던 것이다. 지호의 눈에 눈물이 그렁그렁 괴었다.

7월 18일 아이들

이곳에 온 지 보름이 지났다. 음식도 그런대로 먹을 만하고 잠자리도 크게 불편한 건 없다. 다른 봉사는 별로 할 만한 것이 없어 아이들에게 내가 들고 온 악기를 가르쳐 주었다. 여기 아이들은 악기를 정말 잘 다룬다. 한국에서 그렇게 많은 학생들에게 피아노를 가르치고 피리를 가르쳐 봤어도 이렇게 잘하는 아이가 단 한 명도 없었다는 게 오히려 놀라울 정도이다. 한국 학생들은 배우기 전부터 이미 음악에 지쳐 있었다. 몇몇을 제외한 대부분의 아이들에게 음악은 숙제 같은 어떤 것일 뿐이다. 하지만 여기 아이들에겐 다르다. 너무 놀랍다. 무풀리라의 아이들은 피리를 가지고 진지하게 놀고 있다. 진지한 놀음. 여기서 예술이 나오는가. 경이롭다. 여기 아이들이 부는 피리소리에는 말이 있다. 이들은 피리를 불며 말을 한다. 나도 이들을 따라해 본다. 오늘 새벽에는 좀 일찍 일어나 클라리넷을 들고 나무 밑에 앉았다. 온 천지가 은은한 빨강으로 타오르고 있었다. 그 속에서 검은 나무 밑에 앉아 클라리넷을 불었다. 새벽이 듣고 있었다. 바람의 귀로. 나도 클라리넷의 소리로 말을 해 보았다. 바람은 알고 있었다. 아니 기억하고 있었다, 라는 표현이 옳은 것 같다. 클라리넷 소리가 울려 퍼졌는지 아이들이 모여들었다. 몇몇 아이들은 피리를 가지고 왔다. 아이들과 함께 연습했던 곡들을 같이 연주했다. 피리가 없는 아이는 조용히 앉아 귀를 내주었다. 음악가에게 들어 주는 귀란 얼마나 고마운지. 집중된 눈망울 역시 귀 못지않게 소중했다. 우리는 하나의 클라리넷과 여러 개의 피리들, 귀와 별처럼 반짝이는 눈과 빈 배를 가지고 붉은 여명을 위해 음악을 연주했다.

지호는 슬픔이 북받쳐 올랐다. 묘한 건 너무나 기쁘다는 사실이었다. 너무 슬픈 기쁨. 인하에 대한 신뢰가 옳았다는 기쁨. 그리고 이제 그를 잃어버렸다는 사실이 안타까웠다.

"똑똑똑."

미셸 수녀가 문을 열고 얼굴을 들이밀었다.

"사람들에게 모두 연락했습니다. 오전 6시에 장례미사가 있다고……."

지호의 얼룩진 얼굴을 바라보는 미셸 수녀의 얼굴도 역시 빨갛게 부어 있었다. 그녀도 말없고 성실한 '비를 부르는 음악가'가 아이들과 어울리는 모습을 경탄하며 바라보곤 했었다. 그제야 집에 연락을 해야 한다는 생각이 들었다. 그래도 장례식 전에는 전화를 해야 할 것 같다. 수연에게는 도저히 할 자신이 없었다. 뭐라고 말한단 말인가.

"예, 곧 가겠습니다."

미셸 수녀가 나간 뒤 시계를 바라보았다. 벌써 새벽이 다가오고 있었다. 좀 있으면 루비와도 같은 여명이 뒤덮일 것이다. 우선 어머니에게 전화를 했다. 단단히 마음을 다잡고 전화를 걸었으나 어머니의 목소리를 듣자마자 왈칵 눈물이 치솟았다. 다시 엄마 치마 속에 묻히고 싶었다. "인하가⋯⋯"라고 말을 꺼냈을 때, 수화기 저 너머에서 무거운 쇳덩어리가 어머니의 가슴을 짓이기는 것을 느꼈다. 집안에 무슨 일이 있을 때마다 어찌 알았는지 누구보다 먼저 알고 일을 대비하던 어머니였다. 저절로 어금니가 씹혔다. 더 말을 못하고 있는데 어머니의 목소리가 들려왔다.

"수연이는 아냐?"

"아뇨⋯⋯. 차마⋯⋯."

"⋯⋯알았다."

어머니에게도 너무 버거운 일이었다. 생각하실 시간이 필요하신 것 같았다. 다시 전화를 드린다고 하고는 전화를 끊었다. 전화를 끊으면서 한쪽 날개를 짓누르던 돌덩이가 날아가 버린 것을 느꼈다. 어머니에게 너무 죄송하다. 또 짐 하나를 어머니에게 훌렁 옮겨 놓고는 버젓이 '나'로 돌아가는 자신이 부끄러웠다. 냉정하게 전화를 끊고 한숨을 돌리는 자신의 모습이 경멸스러웠다. 문을 열고 나섰을 때, 콤파운드에 가셨다가 인하의 소식을 듣고 장례미사를 집전하기 위해 서둘러 달려온 안셀모 신부님과 눈이 마주쳤다. 눈이 마주치자마자 지호는 앞으로 달려가 무릎을 꿇고 엉엉 소리 내어 울고 말았다. 반 얼빠진 늙은 얼굴로 당황한 빛을 감추지 못하던 안셀모 신부님은 지호의 터져 나오는 울음을 무거운 침묵으로 받아 주셨다.

인하는 이벵가 꼰베두알 프란치스코 수도원 공원묘지에 안장되었다. 안셀모 신부님이 두 달이 될까 말까한 기간 동안, 짧지만 남다르게 성실한 봉사를 아끼지 않았던 인하에게 성직자 대접을 해 주신 것이었다. 남다른 배려였지만, 한국에서 흔하게 볼 수 있는 고운 흙도 없이 바위를 잘게 부순 듯한 돌무덤 속에 인하가 묻혔다고 생각하니 가슴이 저려 왔다. 수연이 보면 뭐라고 할 것인가. 메마른 돌조각들은 황량하고 덧없는 삶을 대신 말해 주듯 너무나 무심하게 뒹굴고 있었다. 안셀모 신부님께서는 여기까지 친히 오셔서 다시 성사를 베푸셨다. 미셸 수녀를 비롯한 여러 수녀님들과 거의 모든 아이들이 이곳까지 따라왔다. 이들의 친절과 애정에도 불구하고 지호는 위로받을 수가 없었다. 이제 정말 인하가 여기에 없다는 사실이 느껴지자 짙은 허무감이 몰려왔다. 모든 성사를 마치고, 정말 모든 것이 끝나고 돌아갈 일들만 남았을 때, 지호는 모두를 먼저 보내고 혼자 남고 싶었다. 인하도 없이 다시 무풀리라로 돌아가는 것이 불가능하게 느껴졌다. 안셀모 신부님께 고맙다고 인사를 드렸다. 여러 수녀님께도 고맙다고 인사를 드리고 돌아서서 아이들에게 고맙다고 말하려는 순간, 무덤에 빙 둘러 있던 아이들이 일제히 뭔가를 꺼내 들었다. 한 달 전, 서울에서 라파엘 신부님이 보내 주신 피리였다. 돌무덤과는 안 어울리게 파란색, 분홍색, 보라색으로 알록달록한 피리들을 꺼내어 입에 가져가더니, 아이들은 합주로 피리를 연주했다. 무덤 바로 앞에서 카덴이 클라리넷을 들고 먼저 음을 띄우자 일제히 커다란 하나의 피리소리가 연주를 시작했다. 여러 개의 피리소리가 하나로 울려 퍼지며 붉은 여명이 피어올랐다. 검은 나무 밑에서 붉은 피처럼 번지는 여명을 맞이하던 아이들과 인하가 선명히 되살아났다. 아이들의 표정은 진지했다. 언제 연습했는지 한 음, 한 음, 꼭 같이 맞춰 합주하는 피리소리는 바로 인하가 아이들에게 가르쳐 주었던 노래였다. 지호는 가슴 저 깊은 곳에서 뜨거운 것이 끓어오르는 것을 느꼈다. 끓어오르는 눈물 위로 인하가 피리 부는 아이들 사이에 서 있는 것이 보였다. 그는 아이들 사이를 천천히 오가며 피리소리를 듣고 있었다. 인하는 지호를 바라보았다. 전혀 입술을 움직이지 않는데 그가 말하는 것이 들렸다.

'제가 맞았지요?'

망연히 바라보는 지호에게 인하는 미소를 머금으며 다시 덧붙였다.

'신은 어디에나 있습니다.'

인하는 머리카락을 흩날리며 아이들 사이로 들어갔다. 눈물을 떨어뜨리고, 인하를 놓치지 않으려는 지호를 다시 부드럽게 바라보았다.

'내 음악도 어디에나 있을 겁니다.'

아이들의 피리소리가 아득하게 들려왔다. 점점 희미해져 가는 인하를 끝까지 놓치지 않으려는 지호의 눈에 마지막 부드러운 미소만을 남기고, 인하는 사라졌다. 아이들의 피리 연주도 끝났다. 눈물로 온통 번들거리는 얼굴로 지호는 아이들을 바라보았다. 알록달록한 피리를 든 천사들이 맑은 눈망울로 그를 마주보고 있었다.

인천공항은 사람들로 북적거렸다. 어디 앉아서 목이라도 축이고 싶었으나 스텔라가 어디선가 금방 튀어나올 것 같아서 서성거리며 스텔라를 기다렸다. 시간은 이미 5분이 지나 있었다. 약속한 장소가 여기가 맞겠지. 문자를 몇 번이나 확인하며 장소를 확인했다. 스텔라가 늦는 건 괜찮았으나 혹시라도 약속 장소가 틀려 만나지도 못하고 미국으로 떠날까봐 걱정되었다.

"신부님!"

명랑한 목소리가 등 뒤에서 들려왔다. 돌아서자 상큼한 옷차림을 한 스텔라가 환하게 웃고 있었다.

"오래 기다리셨어요?"

스텔라는 자기가 별로 늦지 않았다는 것을 확인시키기 위해 일부러 시계를 보며 고개를 갸우뚱거렸다.

"아뇨. 혹시 여기가 아닐까봐 걱정하고 있었어요."

"여기가 아니어도 전 얼마든지 신부님을 찾을 수 있어요."

스텔라가 싱긋 웃었다. 다시 보니 스텔라의 얼굴은 정말 아름다웠다. 색다른 시선을 의식해서인지 스텔라는 라파엘 신부의 눈을 피해 시선을 살짝 다른 곳에 두었다. 라파엘 신부는 눈을 내리깔았다. 스텔라는 터미널 안에 있는 박물관을 구경하자고 했다. 어차피 배웅하러 나온 건데 소원을 못 들어줄 것도 없었다. 그리고 언제 다시 한국에 올지도 모르고. 라파엘 신부와 스텔라는 박물관뿐만 아니라, 아이들처럼 터미널을 돌아다니며 잡다한 것들을 구경했다. 쇼핑은 정말 오랜만이다. 다시 환속한 느낌이 들었다. 쇼핑처럼 물질적인 소일거리도 드물 것이다. 자신과는 전혀 무관한, 매우 비싸 보이는 물건들을 그냥 눈요기하듯 구경하며 생명과도 같은 시간을 버리다니. 그런데 그것도 나름 재미있다는 것이 이상했다. 아마도 어떤 아름다움 때문이겠지. 물건들이 갖고 있는 아름다움. 아름다움에 매료되어 생명을 버릴 수 있는 존재는 인간밖에 없을 것이다. 어쩌면 그것이 우리의 치명적인 약점이면서도 가장 중요한 무엇일지도. 라파엘 신부는 쇼윈도 안의 번쩍거리는 보석들을 구경하며 그 유리에 비치는 스텔라와 자신의 모습을 바라보았다. 쇼윈도 안에는 그리스 신화를 콘셉트로 한 상품들이 장식되어 있었다. 그 위에 홀로그램처럼 떠 있는 두 얼굴이 마치 진짜 신처럼 보였다. 스텔라가 장난스럽게 말했다.

"신부님은 아폴론 신 같아요!"

기분 나쁘지 않은 비유였으나 별로 근거가 없는 듯해 이유를 물었다.

"그냥요. 저는 아르테미스를 닮았고. 순결의 신이지요?"

"예. 아테네, 헤라, 아프로디테, 그리고 아르테미스. 아르테미스 여신을 모시는 신전이 옛날에는 상당히 많았지요."

"그래요?"

"예. 디아나의 숲! 들어보셨지요? 다이아나! 아르테미스이기도 하고 디아나이기도 하고, 피비라고도 불리지요. 옛날에는 다산을 위해서 디아나 여신에게 빌었다는 이야기가 많습니다."

"전 순결의 여신이라 좋아한 건데……."

"순결의 여신 맞아요. 동시에 다산을 상징하기도 하지요."

"순결한 거랑 다산이랑 연결이 되나요?"

라파엘 신부는 웃고 말았다. 자기 가슴속에 늘 있어 왔던 고민스러운 질문을 서슴없이 던질 수 있는 스텔라의 단순함이 우습고도 부러웠다. 그에 대한 답은 신학적으로보다는 의학적으로 대답하는 게 더 쉬울 것 같았다. 순결이 왜 다산의 상징이냐고? 간단하다. 썩은 땅에서는 생물이 자라기 어려운 것과 마찬가지이다. 순결을 버리고 육욕을 채운 몸에서 풍부한 생명이 잉태되기란 어렵다. 그것은 여자에게만 관련된 문제가 아니다. 남자에게도 동일한 과학 법칙이 적용된다. 부패한 땅, 부패한 씨앗, 모두 생명을 이끌어가기에는 역부족인 존재들이다. 이 얘기를 좀 정리해서 답을 주고 싶었으나, 스텔라는 물어봐놓고는 답도 듣지 않고 잠깐만 기다리라 말하더니 순식간에 어디론가 달려갔다. 몇 분 만에 돌아온 스텔라는 양손에 아이스크림을 들고 있었다. 단 것을 별로 좋아하지 않는 그였지만 금방 녹아 버릴 아이스크림을 나중에 먹겠다고 가방에 넣어둘 수도 없는 일이고, 두 개를 다 스텔라더러 먹으라고 할 수도 없고 해서 받아들었다. 스텔라는 맛있게 먹기 시작했다. 자신도 따라서 한 입 베어 물었다. 시원하다. 끈적이는 단맛이 조금 있으면 짜증스럽겠지만, 당장은 달콤함이 입 안을 가득 채우며 바닐라 향이 은은히 퍼지는 것이 기분 나쁘지 않았다.

"엄마가 아이스크림을 좋아했어요. 어렸을 때 학교 끝나고 돌아오는 길에 엄마랑 같이 아이스크림을 사먹곤 했어요. 돈이 없을 땐 하나만 사서 나눠먹기도 하고, 돈이 좀 있을 땐 비싼 아이스크림을 사먹었어요. 아이스크림만 보면 엄마 생각이 나요. 우리 엄만 아이스크림 같은 여자였어요. 달콤하고 시원하고, 부드럽고. 잘못하면 다 녹아 버리고. 하하하.”

스텔라는 돌아가신 엄마 얘기를 꺼냈다. 별로 우습지도 않은
데 기분 좋게 웃어 제치며 그 차가운 아이스크림을 벌써 다 먹
어치우고 있었다. 종현은 여전히 그대로인 아이스크림을 다시
베어 물며 엄마를 떠올렸다. 엄마. 종현이 어렸을 때는 어머니
가 학교로 마중을 나오곤 하셨다. 하지만 같이 아이스크림을
먹은 기억은 없었다. 아마 어머니는 운전을 하셔야 했기 때문
에 아이스크림을 손에 쥔다는 생각조차 해 보신 적이 없을 것
이다. 종현도 뭘 사 달라고 졸라본 적이 없었다. 가끔은 어머니
가 손수 해 오신 간식을 차 안에서 먹던 기억이 났다. 새삼 어
머니가 해 주시던 토스트나 만두가 먹고 싶은 생각이 들었다.

“만두 좋아해요?”

“마두요? 아, 만두! 예. 엄마가 가끔씩 중국식당에서 사 주곤
했어요.”

“같이 먹으러 갈래요?”

스텔라는 갑자기 믿기 어려울 정도로 눈이 반짝거렸다.

“정말요? 좋아요.”

둘은 고르고 골라서 깔끔하고 분위기 있는 요릿집에 들어갔
다. 간판 밑으로 호박 모양의 작은 등이 매달린 것이 스텔라의
마음을 끌었다. 안으로 들어서자 양귀비가 가득 그려진 벽화
가 품위 있으면서도 묘한 성적 매력을 풍기고 있었다.

“저것 좀 보세요!”

스텔라가 눈을 동그랗게 뜨고 뒤편을 가리켰다. 뒤돌아보니 홀 한편을 내어 작은 정원을 꾸며 놓은 것이 눈에 들어왔다. 조릿대와 행운목, 어떻게 심었는지 아담한 자귀나무까지 자라고 있었다. 식사를 주문한 뒤 스텔라와 라파엘 신부는 작은 정원을 구경했다. 자귀나무에는 때가 지났을 터인데도 꽃이 활짝 피어 있었다. 멀리서 보면 고운 깃털부채처럼 은은히 퍼진 자태도 고왔지만, 그 향기가 일품이었다. 고등학교 시절, 자귀나무를 처음 보고 너무나 놀랐던 때가 생각났다. 고등학교에 입학한 후, 늘 어머니와 함께 다니다가 모처럼 걸어서 등교했던 어느 초여름, 나무 위로 분홍빛 안개처럼 퍼진 자귀나무꽃을 보고는 너무나 놀라 한동안 발걸음을 멈추고 서 있었다. 그 뒤로 등굣길을 걸어 다니며 자귀나무뿐만 아니라 어디서나 흔한 사철나무, 회양목 등등이 모두 진짜 살아 있는 존재라는 것을 깨달았다. 라파엘 신부와 스텔라는 음식을 먹으며 꽃나무에 관한 이야기를 나누었다. 블루밍턴에는 주로 높이 자란 커다란 나무가 많다는 이야기와, 한국에는 웬 아담한 꽃나무가 이리도 많고 다양한지 뜻밖이라는 말도 했다. 갑자기 붉은 벽돌집이 즐비한 논현동 주택가에 담 사이로, 혹은 대문 틈으로 보이는 꽃나무들이 아무렇지도 않게 놓여 있던 풍경이 눈에 선했다. 다음에 오면 스텔라도 그곳에서 꽃나무를 보게 될 것이다. 만두는 맛있었다. 어머니가 해 준 맛은 아니었으나, 그래도 고급 음식점답게 화학조미료만으로 맛을 낸 것은 아니었다.

"이것도 맛있지만 우리 어머니가 만든 만두도 맛있어요. 언제 같이 집에 가서 먹어요."

라파엘 신부 자신도 모르게 내뱉은 말이었다. 스텔라는 얼굴에서 핏기가 싹 가셨으나, 이내 못 들은 척하고 허허롭게 음식에 젓가락질을 했다.

"자, 이제 가봐야겠네요."

"예."

둘은 음식점을 나와 게이트로 향했다. 푸른 태양빛이 머리 위로 쏟아졌다. 헤어질 때가 되자 라파엘 신부는 이제껏 가방 속에 넣어 들고 다녔던 선물꾸러미를 꺼내어 스텔라에게 주었다. 스텔라의 얼굴이 굳어졌다.

"선물 같은 건…… 생각지도…….."

"받아 주세요. 다시 한국에 오면 연락 주세요."

스텔라는 의심스러운 듯한 얼굴로 라파엘 신부를 바라보았다. 스텔라가 말하지 않은 많은 것들이 수증기 피어오르듯 얼굴에 떠올랐다. 가슴에서 고개를 내미는 말들을 입 밖으로 내놓아야 할지 그냥 돌아서야 할지 고민하고 있는 것 같았다. 스텔라는 결심한 듯 정중하게 고개를 숙이며 인사했다.

"고맙습니다. 안녕히 계셔요."

어색하게 작별인사를 하고 뒤돌아 몇 걸음을 가던 스텔라가 다시 돌아왔다.

"제 이름, 궁금하지 않으세요? 제 진짜 이름이요."

라파엘 신부는 부드러운 눈길로 스텔라를 바라보았다. 눈이 마주치자 고개를 돌렸다가, 스텔라는 다시 라파엘 신부를 똑바로 마주보았다.

"제 이름은 이, 종, 은, 입니다."

한 자 한 자 힘주어 말하며 라파엘 신부를 의심스러운 눈초리로 훑어보는 스텔라를 라파엘 신부는 여전히 부드러운 미소로 바라보았다. 종은은 뒤돌아서서 게이트로 향했다. 온몸으로 한 번 더 뒤돌아볼까 말까 망설이고 있는 것이 느껴졌다. 종현은 스텔라가 자신의 시야에서 사라지자마자 선물을 뜯어볼 거라는 것을 알았다. 틀림없이 기뻐할 것이다. 너무 기뻐서 울지 않기를. 그리고 다시 꼭 돌아오기를 기도했다.

스텔라는 종현이 안 보인다고 생각하자마자 짐을 내던지듯 내려놓고는 급하게 선물 포장을 뜯었다. 작은 액자에 든 사진 한 장이었다. 액자 안에는 라파엘 신부가 어렸을 적 찍은 듯한 모습이 들어있었다. 아빠, 엄마, 그리고 종현이. 액자와 같이 있던 하얀 종이 쪽지를 펴 보았다.

다음에 오면 같이 가족사진 찍어요.
아버지가 좋아하실 거예요.
그리고 어머니도. 틀림없이 기뻐하실 겁니다.
이종현 드림

　종은이는 동시에 터져 나오는 눈물과 웃음을 어떻게 처리해야 할지 알 수가 없었다. 울다 웃다가 소리까지 지르는 이 젊은 여자를 지나가는 사람들이 의아한 눈으로 쳐다보았다. 승무원이 지나가다가 옆에 멈추어 섰다.

"That's ok! I'm Ok. No problem. I'm fine."

　종은이는 의심과 염려가 섞인 눈으로 바라보는 승무원에게 웃으며 재빠르게 지껄였다. 정말 괜찮다. 나는 정말…… 정말 괜찮아. 이 순간이 좀 더 일찍 왔더라면 얼마나 좋았을까. 엄마가 죽기 전만이라도. 내가 좀 더 어렸을 때만이라도. 나, 너무 힘들었어요. 죽고 싶다는 생각도 많이 했어요. 버림받기 위해 태어난 것 같아서. 엄마, 엄마, 이 사진 좀 봐봐. 나도 이제 여기에 있기엔 늦은 걸까. 아니, 아직 늦지 않았어. 아직 늦지 않았어. 그치, 엄마? 늦지 않았지? 종은이는 사진을 가방에 넣지 않고 그대로 들고 비행기에 올라탔다. 집에 가는 거야. 그리고 엄마도 데리고 와야지. 엄마, 엄마가 미안하다고 그랬었지? 미안하다고 말하기에도 너무 늦은 것 같다고. 엄마, 늦지 않았어. 아무것도…… 늦은 건 없어.

　비행기가 날아오르는 것을 지켜보던 라파엘 신부는 거대한 새가 날갯짓하는 환영을 보았다. 둔중한 기체를 띄워 올린 비행기는 은빛으로 빛나며 푸른 바다로 날아올랐다. 저 멀리서 허옇게 거품을 일으키며 몰려오는 구름들이 비행기를 떠안고 사라졌다. 거대한 새가 한 점으로 남다가 마침내 허공 속으로 완전히 사라지자 라파엘 신부는 돌아섰다. 스텔라. 종은이. 둘은 완전히 다른 사람처럼 느껴졌다. 어머니. 김선애. 이 둘도 마치 다른 존재인 것 같다. 어쩌면 나 자신이야말로 다른 존재인지도 모른다. 라파엘. 이종현. 일치하지 않는 내면의 수많은 것들이 하나가 될 때 우리는 이루 말할 수 없는 희열을 맛본다. 그것이 아무리 짧은 순간이라 할지라도 하나로 집중된 마음의 에너지는 순수한 힘을 가지게 한다. 지금 종현은 내면에서 일치되어가는 무언가를 느끼고 있었다. 이유도 모르는 채 분리되어 서로 고립감을 느끼던 내면의 두 존재가 서로를 마주보며 받아들이고 있었다. 이 기묘한 교감은 고통이라는 회로를 통해 이루어진 것임을 라파엘 신부는 잘 알고 있었다. 고통만이 인간으로 하여금 신의 영혼을 지닐 수 있게 한다. 고통을 느껴 본 적 없는 인간은 동물처럼 본능에 충실하지도 못하고 신처럼 사랑하지도 못하는 괴물이 되고 말 것이다. 고통은 인간의 가면을 벗기고 스스로에게 진실하도록 만들어 줄 수 있다. 창문 밖으로 아직 더운 바람이 불어온다. 그러나 아무리 바람이 텁텁하고 햇볕이 뜨거워도 이제 곧 가을이 될 것이다. 가을을 맞을 준비를 하고 싶다는 생각이 들었다. 가톨릭 전례상으로는 오히려 가을에 일이 적었다. 순교자 성월 행사 말고는 12월 크리스마스 전까지 별다른 행사가 없다. 이때야말로 내면을 위한 양식을 충분히 저장해야 한다. 어느 날 갑자기 다가올 환희의 순간을 완벽히 즐기기 위해, 소소히 지나가는 일

상의 일들 이면에 깔린 수많은 암호화된 코드를 충분히 읽어
내기 위해, 칼날을 갈듯 정신을 투명하게 갈아야지.

　라파엘 신부가 터미널 문을 나서기 직전이었다. 그때 바로
앞에 있는 문으로 레지나가 가방 몇 개를 따로 든 채 수연을
데리고 들어오는 것이 보였다. 레지나 자매님은 결혼식 때 뵙
고 5년쯤 지났는데도 전혀 변함이 없으셨다. 단정한 모습. 짙
은 색으로 검은 두 눈. 잔주름이 곱게 퍼진 온화한 얼굴. 얼굴
을 바로 앞에 두고 스치는데도 둘은 라파엘 신부를 몰라보고
지나갔다. 수연은 제법 배가 불러서 걷는 게 날렵하지 못했다.
둔하게 걸어가는 수연을 시중들며, 레지나는 온갖 짐을 다 들
고 부지런히 걷고 있었다. 배가 부르고 움직임이 둔하긴 해도
수연은 여전히 고운 얼굴을 하고 있었다. 눈매를 중심으로 예
전보다 더 맑은 기운이 돌고 있었다. 라파엘 신부는 레지나와
수연을 보고 돌아서면서 인하의 일을 떠올렸다. 지호가 인하
가 아프다고 메일을 보냈었는데 이젠 괜찮은 건가. 레지나와
수연의 얼굴로 봐서는 별다른 일이 있는 것 같지는 않다. 인하
가 아프니 기도해 달라는 메일을 보내고 나서 이제껏 메일이
없었다. 그때 라파엘 신부는 답장을 보낼 만한 상황이 아니었
다. 다행히 괜찮은가보군. 돌아가서 메일로 안부를 물어봐야겠
다는 생각을 하며 라파엘 신부는 주차장을 향해 부지런히 걸
어갔다.

수연은 자신에게 손가방 하나를 못 들게 하는 엄마에게 미안한 마음이 들었다. 엄마는 수연을 벤치에 앉히더니 짐을 놓고 음료수를 사갖고 왔다.

"엄마, 힘들지?"

"아니야. 힘들긴 뭐가 힘들어. 엄마, 예전에는 훨씬 더 힘든 일도 하고 그랬어. 저녁에 마트에서 일하는 거 말고도 새벽마다 다른 일 또 다녔었어. 너넨 몰랐지? 이런 건 아무것도 아니다. 얼른 마셔. 얼음 다 녹으면 맛없다."

수연은 힘없이 미소를 지었다. 말은 않고 있었지만 오빠나 수연이나 짐작하고 있었던 일이었다. 돈이 날 데도 없는데 엄마는 빠듯한 살림살이 속에서도 수연의 용돈을 챙겨 주고, 간식도 챙겨 주고, 필요한 모든 걸 꼬박꼬박 챙겨 주었다. 철없던 시절에는 그냥 좋아하며 받기만 하고, 그게 어디서 나왔는지는 궁금하게 생각해본 적이 없었다. 그게 다 엄마 피였고 살이었다는 걸 왜 몰랐을까. 수연은 지금도 모든 짐을 챙기며 음료수까지 사다 바치는 엄마에게 뭐라고 말해야 좋을지를 몰랐다.

"근데 왜 오빠는 나한테 직접 말 안 하고 엄마한테 전화를 했대요?"

수연은 갑자기 생각난 듯이 인하 얘기를 꺼냈다.

"전화 여기저기 자꾸 돌리기가 쉽냐. 바쁜데. 그냥 나한테 했으니 너도 알려니 하는 거지."

"인하 씨 많이 아프대요? 아닌 게 아니라 메일도 안 보내고 있어요."

레지나는 덥다는 듯 부채질을 해댔다. 레지나도 차마 인하 얘기를 못한 것이다. 입을 뗄 수가 없었다.

"사람이 아프고 죽고 태어나고 하는 거, 다 하늘이 하는 일이다. 우리가 걱정한다고 아픈 사람이 당장 낫는 것도 아니다. 네 아빠 생각 안 나니? 자기처럼 건강한 사람 세상에 없다고 큰소리 땅땅 치더니…… 의사가 3개월은 더 살 거라고 했었는데…… 보름 만에 저 세상으로 가지 않았냐."

왜 갑자기 아빠 얘기를 꺼낸담. 수연은 앞뒤가 안 맞는 대꾸를 하는 레지나를 멀뚱히 바라보았다. 레지나는 에어컨으로 서늘하기까지 한 터미널 안에서 팔이 떨어지도록 부채질을 해대고 있었다.

"엄마, 더워요? 나 부채 바람 싫은데……."

"어이구, 내 정신 좀 봐. 싫어? 추워? 감기 걸리면 안 되는데. 윗도리 하나 꺼내 줄까?"

레지나는 부채를 얼른 접어 가방 안에 넣었다. 그리고는 얇은 빨간색 긴팔 웃옷 하나를 꺼내들었다.

"자, 이거 입어. 감기 걸리면 큰일 난다."

"괜찮아, 엄마. 안 입을래."

"입어, 얼른. 이따가 더워지면 벗어. 너무 선뜩하게 앉아 있으면 안 된다."

엄마는 나오면서 수연에게 속치마, 속바지를 꼭 챙겨 입으라고 말하며 직접 치마를 들쳐 확인까지 했었다. 아랫도리가 차면 아이에게 안 좋다고 일장 훈시를 장황하게 늘어놓았다. 수연이 아주 어려서부터 엄마는 차가운 곳에 절대 앉지 못하게 했다. 젊은 여자들이 배꼽티를 입고 지나가는 것을 보면 혼자 펄쩍 뛰며 한탄을 하곤 했다. 수연은 너무 별스럽게 유난떠는 것 같아 거북할 때도 있었으나, 엄마는 그 문제에 대해서만큼은 일절 양보하지 않았다. 여자가 애 낳는 일이 세상에서 가장 소중하다는 나름대로의 신조 때문이었다.

"인간이 어디서 나오냐. 여자 몸속에서 나오잖아. 여자 몸이 세상에 나오는 '문'인 거야. 그 문을 안 열리게 하면 그것처럼 큰 죄가 어디 있냐?"

한겨울에 밑이 드러날 듯 짧은 치마를 입고 지나가는 여자를 보고 잔뜩 욕을 안기는 엄마가 민망해서 수연이가 그만 좀 하라고 투덜거렸을 때 들은 말이었다. 세상의 문. 여자는 세상의 문이다. 세상의 문을 더럽히는 자, 화가 있을지어다. 그 문을 장난질 삼아 헛것으로 채우는 자, 그 문을 우습게 알고 업신여기는 자 모두에게 어둠의 문이 열릴 것이다. 엄마의 신조는 무섭기까지 했다. 수연은 윗도리를 받아 입었다. 따뜻했다. 그렇게 춥다고는 생각하지 않았었는데. 수연이 음료수를 다 마시고 엄마가 좀 쉬고 나자 둘은 자연스럽게 일어서서 게이트로 향했다. 벌써 사람들이 줄지어 있었다. 짐은 여전히 레지나가 도맡아 들고 있었다.

비행기 안은 자리가 넉넉하게 남아돌았다. 엄마는 수연을 앞히고 자신도 편하게 자리를 잡았다.

"뭐 먹을 것 좀 줄까? 심심하지 않아?"

"아니야, 괜찮아. 엄마, 좀 자요. 피곤하지 않아?"

레지나는 대답 대신 수연의 머리를 매만져 고쳐 주고는 책을 한 권 꺼내 주었다. 사진이 반이 넘는 수필집이다. 어느 사진작가의 탄자니아 국립공원 여행기였다. 하얀 눈으로 덮인 킬리만자로가 장엄하게 펼쳐졌다. 엄마는 옆에서 커피를 마셨다. 엄마가 마시는 헤이즐넛의 향기가 사진을 바라보는 수연의 기분을 한층 돋우어 주었다. 킬리만자로 산 전체에서 커피 향이 넘쳐흐르고 있는 것 같다. 가파르게 깎인 검은 산등성이 위에 하얗게 쌓인 눈은 영락없이 초콜릿 케이크 위에 장식된 생크림 같은 형상이었다. 부드러움. 저 장엄하고 검은 힘. 산은 아름답다. 수연은 눈으로 바라볼 수 있는 형상 가운데 가장 위대한 것이 산이라고 생각했다. 바다는 무섭다. 낮에는 시원하고 친근한 생명체이지만 칠흑처럼 검은 밤바다는 인간의 세계가 아닌 다른 곳처럼 보인다. 영원한 어둠. 글자 그대로 완벽한 어둠과 침묵. 끝. 밤바다는 두렵다. 하지만 산은 따뜻한 위대함이다. 흰 눈 덮인 어느 골짜기는 묘하게 인하의 스승님이신 류우영 교수님을 연상시켰다. 결혼식을 앞두고 학교로 찾아뵈었을 때, 인하가 아버지 같은 분이라고 소개했었다. 수연의 첫눈에도 인자한 분이셨다. 열정적이던 자신의 아버지와도 어딘지 비슷한 느낌이 들었다. 이후에도 이 신혼부부는 스승의날이나 크리스마스에 즈음해서 교수님과 같이 식사를 나누곤 했었다. 교수님은 결혼의 수학을 말씀하시며, 하나 더하기 하나가 하나인 결혼의 수학을 잘 이해해야 한다고 강조하시며 웃곤 하셨다. 희망의 투명한 눈. 인자한 허연 머리를 눈처럼 덮은 스승님. 꼭 한 번 들은 그분의 피아노소리는 따뜻한 커피처럼 평화롭고 온후했다. 아이가 태어나면 인하 씨하고 같이 인사드리러 가야지. 아이 생각을 하자 지금 본당에 계신 토마스 신부님이 뒤이어 떠올랐다. 실은 아이를 임신한 걸 모르고 약을 먹었었다. 지독한 감기였고, 나중에 의사와 상담했을 때 의사는 처방받은 약이 기형아 발생률 영순위에 속하는 약이라며 낙태를 권유했다. 병원에서부터 계속 울며 집에 돌아온 수연에게, 인하는 신부님께 가보자며 위로를 해 주었다. 그때 상담한 분이 토마스 신부님이셨다. 신부님께서는 속세 나이는 적지 않았으나 늘 정정한 청년처럼 활동하셨다. 만나는 한 사람 한 사람 손을 잡아 주시면서 하루하루를 성실히 살아가시는 초로의 신부님은, 눈빛만큼은 저 킬리만자로처럼 거대한 빛을 뿜어내고 있었다. 둘이 찾아갔을 때, 그분께서는 손사래를 내저으며 걱정 말라고 장담을 해 주셨다.

"틀림없이 주님의 축복을 받은 건강한 아기일 겁니다. 걱정하지 마세요."

처음부터—비록 기형아일지라도—낙태할 생각은 전혀 없었노라고, 인하는 그날 밤 수연을 품에 안으며 속삭였다. 수연은 불안과 두려움을 접고 토마스 신부님과 인하의 말을 믿었다. 틀림없이 축복받은 아기일 것이다. 어떠한 경우든. 그 이후로도 수연은 신부님의 강론을 들으며 늘 아기를 위해 기도해 왔다. 인하 씨. 겉모습은 지극히 평범한 그이지만, 그는 눈 덮인 킬리만자로 산이다. 빛나는 자. 그는 언젠가는 불멸의 빛나는 음악을 세상에 던져 줄 것이다. 틀림없이 가장 아름다운 천상의 곡을 지상에 내려 줄 것이다.

레지나는 얇게 접은 담요를 꺼내 수연의 배와 가슴을 덮어 주었다. 어깨까지 담요를 덮어 행여 찬바람이 들지 않도록 잘 여며 주었다. 수연은 수필집을 뒤적이다가 잠이 들었다. 레지나는 커피를 한 잔 더 부탁했다. 그리고 수연의 손에서 책을 조용히 빼서 대신 들여다보기 시작했다. 수연은 커피 향과 눈 덮인 킬리만자로를 따라 허공을 걷고 있었다. 하얀 눈 위에, 몸에 잘 맞는 검은 양복을 입고 서 있는 인하의 모습이 보였다. 그것 말고는 굵은 테 안경을 쓴 평상시의 모습이다. 인하는 손목에 시계를 차고 있다. 자신을 바라보는 수연에게 뭐라고 말을 건넨다. 작지 않은 목소리였으나 뜻을 알아들을 수가 없다. 다시 물어보려고 하지만 말소리는 점점 멀어지면서 그와 비례해서 시계가 점점 커졌다. 시계 판은 완전히 커지며 허공으로 올라가 거대한 하늘이 되었다. 검푸른 시계 판에 은색

바늘 세 개가 돌아가고 있다. 시간과 분, 초를 나타내는 표시 자리가 그 거대한 하늘 시계 위에 단단한 은빛으로 돌아가며 빼곡히 박혀 있었다. 은색 바늘은 멈추지 않고 빠르게 돌고 있었다. 어디선가 아주 작게 피아노소리가 들려왔다. 피아노소리는 점점 가까워지면서 피리소리로 바뀐다. 피리소리는 점점 모아져 여러 사람이 연주하는 합주로 바뀐다. 어린아이들의 모습. 아름다운 피리소리. 인하는 거대한 하늘 시계에 묻혀 사라졌지만 피리소리는 계속 들려온다. 피리소리는 점점 하늘로 떠오르더니 넓게 퍼져나갔다.

지금 여기

"고통은 하늘의 소리를 들을 수 있는 문이 열리는 과정입니다."

보좌신부님은 성심껏 강론을 펴며 신자들을 천천히 둘러보았다. 착하게 살면서, 시키는 대로 성당에도 열심히 다니고 하는 평범한 사람들이었다. 그러나 이 선한 사람들은 먹고 사는 데에 조금이라도 문제가 생기면 남을 헐뜯기 시작하고, 스스로는 우울증으로 곤두박질치곤 했다. 보좌신부님은 침착한 목소리로 말씀을 이었다.

"헛것을 따라다니다가 헛것이 되지 마십시오. 고통이야말로 우리에게 가장 필요한 것입니다. 고통을 피하고 편한 길을 달릴수록 여러분은 헛것을 따라 살게 될 뿐입니다."

평소와 다르게 보좌신부님의 목소리에는 짙은 호소력이 배어 있었다. 수연은 신부님의 말씀을 잘 새겨들었다. 고통을 받아들이자. 아니, 이미 수연에게는 헛것을 따른다는 것이 견딜 수 없는 일이 되어 버렸다. 고통이야말로 삶의 오랜 습관이었다. 그러나 그것은 가슴속에서 쓴물이 넘어오는 것과는 다른 것이다. 억누르고 억눌러 분노와 억울함으로 남는 것이 아니라, 일단 받아들이기만 하면 내 손 안에서 보물로 바뀌는 그러한 것이었다. 수연은 준이를 바라보았다. 아이는 반듯하게 앉아 있었지만 강론 말씀을 듣는지 마는지 알 수가 없다. 영민하게 빛나는 동그란 두 눈으로 성당 안을 바라보며 즐기고 있는 것 같았다. 인하. 아이는 자랄수록 인하를 닮아갔다. 한 해 두 해 시간이 흐를 때마다 수연은 인하가 준을 통해 서서히 모습을 드러내는 것 같은 착각마저 느낄 때가 있었다. 오빠도 마찬가지였다. 오빠는 무서운 속도로 아버지를 닮아가고 있었다. 오빠는 작년 12월, 캄보디아로 갔다. 그곳 주임신부로 발령이 난 것이다. 오랫동안 한국에 들어오기가 어려울 것 같아, 오빠가 떠나기 전에 엄마와 수연, 준이는 좀 성대한 파티를 마련했었다. 그날, 수연과 준이가 온갖 정성을 다해 만든 케이크 위에 올려놓은 촛불을 불어 끄는 오빠의 모습을 보며 수연은 비명을 지를 뻔했었다. 그것은 완벽한 아버지의 모습이었다. 아버지가 생신을 맞아서 모처럼 집에 계셨을 때였지. 엄마와 수연이 케이크를 만들고 오빠가 선물을 준비했었다. 오랜만에 모인 저녁상에서 아빠는 수연과 오빠에게 고맙다고 말하며 케이크 가득 꽂힌 촛불을 불었다. 수연도 아빠를 도와서 케이크 위에 흘러넘치는 촛불을 껐다. 오빠는 바로 그날의 아빠 모습을 하고 있었다. 얼핏 보면 준이는 외삼촌을 닮은 것 같기도 했다. 준이에게서는 인하와 지호가 어른거렸다. 복사복을 입고 제대 위에 자리하고 있는 저 순간은 어딘지 라파엘 신부님과 닮은 것 같기도 하다. 인하가 본다면 그에게서 자신의 아버지의 모습을, 할아버지의 모습을 찾을지도 모른다. 내 아들로 태어난, 하얀 복사복을 입은 저 작은 아이는 무수한 인간들의, 한 종족의 결정체인 것이다. 수연은 온몸이 오싹했다. 신부님의 강론이 끝나자 영성체 시간이 이어졌다. 신부님의 축성을 통해 제병은 예수님의 몸으로 성화되었다. 신부님은 성반에 얹은 성체를 집어 높이 들어올렸다. 준이가 종을 울렸다. 사람들이 허리를 숙여 흠숭을 드렸다. 준이가 다시 종을 울리자 일제히 허리를 펴 성체를 바라보았다. 성혈에 대한 흠숭이 동일하게 반복된 후, 신자들은 한 줄로 늘어서 사제가 주는 성체를 모셨다. 흠숭된 성체는 가장 먼저 사제가, 그 다음에는 복사 아이들이 모신 후에 차례로 일반 신자들이 모셨다. 수연도 제대 앞으로 걸어 나갔다.

미사가 끝난 후에는 복사 아이들이 뒷정리를 해야 한다. 두 아이들은 각자 일을 정해 초를 끄고 종을 제자리에 옮기고 성수를 치우는 등 제대 위를 부산스럽게 휘젓고 다녔다. 거의 뒷정리가 끝날 즈음, 준이는 혼자 제대 앞에서 성작에 성반을 올려놓다 말고 가만히 서 있었다. 성반과 성작을 살피는 듯 바라보더니 준이는 성반을 마치 성체처럼 높이 들어올렸다. 성반은 불빛을 반사하며 초승달 모양의 광휘를 번쩍였다. 성반을 내리자 아이의 얼굴 위로 칼날 모양의 금빛이 스쳐 지나갔다. 수연은 그 빛의 조각 속에서 인하와 아버지, 라파엘 신부의 눈을 보았다. 수많은 눈들이 어떤 형태를 취하고 세상에 나타나는지는 아무도 알 길이 없다. 다만 그나마 좀 예민한 우리들이 느낄 수 있는 것은 마치 CCTV처럼, 아니 더 정확하게 마음속까지 우리를 주의 깊게 바라보고 있는 눈과 어느 한순간 마주하게 된다는 것이다. 그 빛의 조각 속에서 인하는 자신의 아들을 보았다. 아버지는 자신의 뜻을 좀 더 확실히 실현할 외손자를, 라파엘 신부님은 교회 안에서 자신의 뒤를 이을 후계자를 살펴보았다.

수연은 나무 밑에서 준이를 기다렸다. 성당 마당으로 빨리 나오지 않고, 문 앞에서 준이가 다른 복사 아이들과 함께 노는 것이 보였다. 딱히 갈 데가 있는 것은 아니었으나 수연은 늘 하던 버릇대로 준이를 재촉했다.

"준아! 빨리 가자. 시간 없어."

엄마 말을 듣자마자 준이는 동그란 눈으로 수연을 똑바로 쳐다보며 빠르게 걸어왔다. 수연 앞에 서자 준이는 은행알 모양의 눈초리를 치켜뜨더니 중요한 비밀을 가르쳐 주듯 진지하고 다부지게 말했다.

“엄마, 시간은 원래 없는 거야. 그냥 사람이 태어나고 살다가 죽는 거야. 엄마, 우리는 절대 늦지 않아. 시간은 아무것도 아니야.”

수연은 뭐라고 대답하고 싶었으나 준이는 샐쭉하게 돌아서더니 빈이에게 달려갔다. 우리, 축구할래? 그래, 그래! 옆 초등학교로, 운동장으로 가자. 둘은 간식으로 받아든 빵을 먹으며 축구공을 들고 신나게 달려 나갔다. 갈색으로 마른 나무들이 가지 끝에 남긴 눈꽃을 아이들의 머리 위로 흩뿌렸다. 별처럼 반짝이는 눈꽃을 맞아 아이들의 머리와 어깨도 별가루로 빛났다. 그래. 우린 절대 늦지 않는다. 시간은 오히려 진정한 인간을 소멸시키지 않기 위해, 허망한 존재들과 구분하여 살아남게 하려고 신께서 주신 장치일 뿐이다. 시간이 없는 곳에 가면 우리는 훨씬 많은 일을 할 것이다. 시간이 없다고 두려워할 필요가 없다. 지금 여기는 언제나 출발점이 될 수 있는 것이다. 시간은 햇빛의 먼지일 뿐이다.

뒤따라 나온 빈이 엄마가 웃으며 인사를 했다. 언제 나오셨는지 수녀님도 두꺼운 외투를 입고 서 계셨다.

“준이 어머님, 같이 차 한 잔 하실래요?”

“그래요. 같이 커피 마셔요.”

“제가 커피 사 드릴게요.”

“아이참, 수녀님이 돈이 어디 있다고 커피를 사세요. 제가 살게요.”

빈이 엄마가 커피를 대접하겠다는 수녀님을 말렸다. 셋은 모두 웃었다. 수녀님께서 사실 숨겨놓은 돈이 많다고 농담을 하셨던 것이다. 수녀님과 빈이 엄마는 만남의 방을 향해 걸음을 옮겼다.

"예, 갈게요. 먼저 가세요. 성모님께 잠깐 기도드리고 갈게요."

성모상을 마주하고 섰다. 검게 드리운 나뭇가지들이 발처럼 동굴 앞을 장식하고 있었다. 수연은 성모님을 바라보았다. 성모님은 검푸른 눈을 아래로 향하고 계셨다. 그러나 또렷이 박힌 검은 눈동자는 분명히 수연을 바라보고 있었다. 반짝이는 눈꽃이 스치듯 수연과 성모님 사이를 지나갔다. 수연은 두 손을 모으고 조용히 기도를 올렸다.

은총이 가득하신 마리아님, 기뻐하소서!
주님께서 함께 계시니 여인 중에 복되시며
태중에 아들 예수님 또한 복되시나이다.
천주의 성모 마리아님,
이제와 저희 죽을 때에
저희 죄인을 위하여 빌어 주소서. 아멘.

성반

1판 1쇄 인쇄 _ 2011년 5월 21일
1판 1쇄 발행 _ 2011년 5월 31일

지은이 _ 박사월
펴낸이 _ 김승현
펴낸곳 _ 스튜디오 본프리(www.born-free.co.kr)

등록 제300-2004-72호 (2002년 2월 8일)
주소 서울특별시 성북구 동선동3가 259-6번지 1층
전화 02-742-2352(편집) 02-714-4594(영업)
팩스 02-742-2353(편집) 02-713-4476(영업)
이메일 master@born-free.co.kr

출판기획 _ 문성기
북디자인 _ 글빛 · 이춘희
출판제작 _ GS 테크
영업관리 _ 박상율

값 10,000원

ISBN 978-89-91909-20-5 03810